HERLAND

A TERRA DAS MULHERES

Título original: *Herland*. Publicado originalmente nos Estados Unidos em 1979 pela Pantheon Books.

Grafia conforme o novo Acordo Ortográfico da Língua Portuguesa.

1ª edição, 1ª reimpressão 2020.

Editora: Maíra Lot Vieira Micales
Coordenação editorial: Fernanda Godoy Tarcinalli
Edição de texto: Marta Almeida de Sá
Produção editorial: Carla Bitelli
Tradução: Lígia Azevedo
Preparação: Andressa Bezerra Corrêa
Revisão: Lygia Roncel e Carla Bitelli
Capa e editoração eletrônica: Marcela Badolatto

Dados Internacionais de Catalogação na Publicação (CIP)
(Câmara Brasileira do Livro, SP, Brasil)

Gilman, Charlotte Perkins, 1860-1935
Herland : a Terra das Mulheres / Charlotte Perkins Gilman ; tradução Lígia Azevedo. – São Paulo : Via Leitura, 2018.

Título original: Herland.

ISBN 978-85-67097-55-8 (impresso)
ISBN 978-85-67097-69-5 (e-pub)

1. Ficção norte-americana I. Azevedo, Lígia. II. Título.

17-11224 CDD-813

Índice para catálogo sistemático:
1. Ficção : Literatura norte-americana : 813

VIA LEITURA

São Paulo: (11) 3107-7050 • Bauru: (14) 3234-4121
www.vialeitura.com.br • edipro@edipro.com.br
@editoraedipro @editoraedipro

CHARLOTTE
PERKINS GILMAN

HERLAND
A TERRA DAS MULHERES

Tradução
Lígia Azevedo

VIA LEITURA

PREFÁCIO

Herland – a Terra das Mulheres, de Charlotte Perkins Gilman, é considerado por algumas pessoas como um dos primeiros romances feministas utópicos. Escrito em folhetins em 1915, mas publicado como livro apenas em 1979, *Herland* é uma crítica social à maternidade compulsória e à defasagem das mulheres no mercado de trabalho em consequência de salários mais baixos que os dos homens e de sua colocação à margem da sociedade. Qualquer semelhança com a atualidade não seria mera coincidência. Gilman, feminista sufragista com tendências socialistas, se vê como agente de mudança para uma vida social com mais qualidade e sentido especialmente para as mulheres. Ao se distanciar conscientemente dos intelectuais de seu tempo, ela criou suas obras com esforço para transformar a sociedade.

O termo "herland", que dá título à obra, é, na verdade, invenção do personagem que narra a história em primeira pessoa: uma composição das palavras *her* e *land* para nomear a utópica Terra das Mulheres. Por isso, esta edição brasileira optou pelo título *Herland – a Terra das Mulheres*. Nada mais justo para uma das obras que podem ter inspirado a criação da personagem Mulher-Maravilha, que veio de uma terra de mulheres sábias e guerreiras.

A autora escolheu a ficção utópica como um recurso para instigar os leitores a compreender os males de uma sociedade patriarcal. *Herland* é o segundo romance da autora; neste, ela recorre à teoria junguiana e a seus arquétipos para construir uma crítica a alguns aspectos de uma sociedade centralizada no sexo masculino.

No entanto, *Herland* não é apenas um instrumento de crítica da autora em relação à natureza androcêntrica da sociedade: a obra é usada como um meio de educar essa mesma sociedade. Isso fica evidente no contexto em que os três personagens homens – Vandyck Jennings, Jeff Margrave e Terry O. Nicholson – são lentamente orientados para os caminhos da Terra das Mulheres por suas tutoras. Os conceitos de maternidade e feminilidade são fatores importantes na narrativa:

> – Admito isso – Terry grunhiu. – E é uma grande perda. Não é divertido sem homens. Não há esporte de verdade nem competição. Mas essas mulheres não são *femininas*. Você sabe que não.
>
> Aquele assunto sempre incomodava Jeff; aos poucos, passei para seu lado.
>
> – Você não chama de feminina uma raça de mulheres cuja principal preocupação é a maternidade? – Jeff perguntou.

Na sociedade utópica criada por Gilman, a responsabilidade da filiação e do cuidado com as crias é compartilhada e deslocada unicamente para quem é capaz, pois é considerada uma "tarefa suprema".

Gilman enfatiza que, do ponto de vista biológico, a maternidade pode ser o objetivo principal da vida da mulher, mas, como ser humano, ela tem a liberdade de optar por outras ocupações mais apropriadas a sua personalidade e suas habilidades. Em outras palavras, na Terra das Mulheres a maternidade não confina as mulheres ao âmbito doméstico. De fato, ela as libera e motiva, como observado pelos três visitantes do sexo masculino:

> O instinto materno, entre nós tão dolorosamente intenso, tão frustrado pelas circunstâncias, tão concentrado em uma devoção pessoal para algumas poucas, tão amargamente atingido pela morte, pela doença, pela esterilidade e até pelo próprio crescimento das crianças, deixando a mãe sozinha no ninho vazio, todo esse sentimento entre elas fluía em uma corrente forte, ampla, inquebrável, ao longo de gerações, aprofundando-se e ampliando-se através dos anos, incluindo todas as crianças em toda a terra.

Gilman mostra quanto a religião contribui para que as mulheres não sejam tratadas de forma igualitária. Seu romance expressa como a ideia da inferioridade feminina, considerada normal por diversas religiões, faz com que as mudanças sociais aconteçam não de acordo com as necessidades e os interesses da maior parte das pessoas, mas de acordo com os interesses de grupos religiosos. Em *Herland*, a autora imagina uma religião criada por mulheres e para mulheres como um instrumento que estimula avanços no pensamento e na vida comunitária.

A racionalização dessa sociedade é possível em parte por causa da rejeição completa da tradição. Por exemplo, quando Terry menciona que a sociedade dos homens é baseada em tradições milenares, Moadine responde que na Terra das Mulheres não há leis com mais de cem anos e que pouquíssimas têm mais de vinte. Tendo sido elaborados essencialmente a partir do zero, as leis e os costumes daquele lugar estão sujeitos ao escrutínio constante e a revisões. As mulheres veem sua sociedade e sua cultura como criações humanas, destinadas a atender às necessidades humanas no presente, de modo que nem as instituições, nem as práticas do passado são sagradas. Até os jogos com os quais as crianças brincam são novas invenções, desenvolvidas com base em seu valor educativo. A tradição religiosa não é exceção, e a religião da Terra das Mulheres se baseia num culto bastante simples da maternidade e da natureza, no qual não há nenhuma autoridade investida ou um cânone sagrado, e no qual foram expurgados todos os aspectos negativos ou desagradáveis.

Os visitantes esperavam uma competição árdua em razão da presença deles e até imaginaram que poderiam ficar presos naquela terra; entretanto isso não acontece, pois elas não guerreavam. "Não tinham reis, clero nem aristocracia. Eram irmãs e cresciam juntas – não através da competição, mas da ação conjunta."

O que Gilman faz é abranger todas as noções e expectativas de estereótipos da mulher: a objetificação do corpo feminino com a simples função de servir aos prazeres masculinos, tendendo à passividade; o isolamento social em função das atividades domésticas, reforçando a imagem da mulher que se posiciona contra isso como histérica, entre outros aspectos. Além disso, a autoconfiança de Terry parece ridícula, uma vez que quase todas as coisas nas quais ele acredita não fazem sentido na Terra das Mulheres, onde o papel delas se estende desde a assistência à infância até a construção de indústrias que marcam o progresso daquela sociedade.

Escrevendo no fim do século XIX e no início do século XX, Gilman estava inegavelmente à frente de seu tempo. Hoje, algumas de suas visões sociais utópicas sobre as mulheres se tornaram realidade. Ela ilustra como as mulheres foram forçadas a assumir papéis restritivos na sociedade – ficar confinadas em casa, proibidas de trabalhar ou adquirir conhecimento.

Gilman mostra que a sociedade é injusta com as mulheres, impedindo-lhes de atingir seu potencial máximo. O clichê do "trabalho feminino" difícil e não remunerado – como a maternidade, a criação de filhos e a labuta doméstica – persiste sem que esse trabalho seja visto como digno, pois nem a aposentadoria está entre os direitos dessas mulheres, posto que a visão atual é de que essas funções não são consideradas trabalho, não da forma tradicionalmente patriarcal como o conhecemos. Nesta utopia de Gilman, as mulheres podem abraçar tanto os homens quanto outras mulheres de maneira igualitária, pois todos são inteligentes e autossuficientes. Os três personagens masculinos em *Herland,* a princípio, demonstram ver a figura feminina como inferior; eles eventualmente têm visões de mundo diversas, e suas relações com as mulheres ocorrem de modos muito distintos.

Até mesmo o simbolismo das roupas usadas pelas mulheres e por seus hóspedes expressa igualdade e simplicidade. Quando os visitantes retornam a seu país, percebem que isso se perdeu em algum lugar na Terra das Mulheres, se é que chegou a existir.

Apesar de a obra ter sido escrita em 1915, seguimos na busca por essa igualdade à qual Gilman dedicou sua vida como feminista e sufragista.

Uma notável frase da autora explica bem o que ela, assim como outras mulheres que lutam e lutaram pela igualdade, sempre pregou: "*There is no female mind. The brain is not an organ of sex. As well speak of a female liver*". [Em tradução livre: "Não há mente feminina. O cérebro não é um órgão sexual. Seria o mesmo que falar de um fígado feminino".]

JULIANA GOMES

Fundadora do clube de leitura Leia Mulheres no Brasil

1. UMA AVENTURA MUITO NATURAL

Infelizmente, isto está sendo escrito de memória. Se pudesse ter trazido comigo o material que preparei com tanto zelo, o resultado seria uma história bastante diferente. Cadernos cheios de anotações, registros feitos cuidadosamente, descrições em primeira mão e imagens – essa é a pior perda. Tivemos uma visão panorâmica das cidades e dos campos; inúmeras vistas adoráveis das ruas, das construções por fora e por dentro, de alguns daqueles maravilhosos jardins e, o mais importante, das mulheres em si.

Ninguém acreditará na aparência delas. As descrições nunca são boas quando se trata de mulheres, e não sou apto a isso de qualquer maneira. Mas é preciso fazê-lo; o resto do mundo deve ser informado sobre esse país.

Eu não disse onde fica por medo de que missionários autoproclamados, comerciantes ou expansionistas gananciosos queiram alcançá-lo. Não serão bem-vindos, posso garantir, e terão muito mais dificuldades do que tivemos se o encontrarem.

Começou assim. Éramos três colegas de classe e amigos: Terry O. Nicholson (que costumávamos chamar de Velho Nick, não sem motivo), Jeff Margrave e eu, Vandyck Jennings.

Nós nos conhecíamos havia anos e anos; apesar de nossas diferenças, tínhamos muito em comum. Todos nos interessávamos por ciência.

Terry era rico o bastante para fazer o que queria. Seu principal objetivo era explorar. Costumava reclamar que não lhe havia restado nada para descobrir, só para remendar e preencher. Terry se misturava com facilidade e tinha uma série de talentos, sendo muito bom com mecânica e elétrica. Tinha todo tipo de barco e carros, e era um dos melhores aviadores do país.

Nunca poderíamos ter feito isso sem Terry.

Jeff Margrave tinha nascido para ser poeta ou botânico – ou ambos –, mas seus pais o persuadiram a se tornar médico. E ele era bom, considerando sua idade, mas seu verdadeiro interesse residia no que adorava chamar de "maravilhas da ciência".

Quanto a mim, sou formado em sociologia. O que se baseia em uma série de outras ciências, claro. E tenho interesse em todas.

Terry era bom com fatos – geografia, meteorologia e afins; Jeff era muito melhor que ele em biologia; eu não me importava com o que diziam desde que de alguma maneira estivesse ligado à vida humana. Poucas coisas não estão.

Nós três tivemos a chance de nos juntar a uma grande expedição científica. Eles precisavam de um médico, o que deu a Jeff uma desculpa para abandonar a clínica que havia acabado de abrir; precisavam da experiência de Terry, de seus veículos e de seu dinheiro; de minha parte, entrei graças à sua influência.

A expedição subiria pelas enormes margens e entre os milhares de afluentes de um importante rio, onde mapas seriam traçados, dialetos selvagens seriam estudados e todo tipo de flora e fauna desconhecidas era esperado.

Porém esta história não trata da expedição. Ela foi apenas o início para nós.

Meu interesse foi despertado em conversas com os guias. Sou bom com línguas, conheço uma boa quantidade delas e aprendo rápido. Com isso e com um intérprete muito bom que tínhamos levado, descobri muitos mitos e lendas daquelas tribos dispersas.

Conforme nos aprofundávamos, no emaranhado sombrio de rios, lagos, pântanos e florestas densas, e de vez em quando um longo pico que escapava das montanhas mais além, notei que muitos daqueles selvagens contavam uma história sobre uma estranha e terrível terra de mulheres distante dali.

"Mais para a frente", "logo ali" e "para cima" eram as únicas direções que sabiam indicar, mas as lendas concordavam nos pontos principais: que havia um estranho país onde nenhum homem vivia, só mulheres e meninas.

Nenhum deles o tinha visto. Diziam que era perigoso, mortal, para qualquer homem ir até lá. Mas havia histórias de muito tempo antes, quando um desbravador valente o encontrava: um grande país, com casas amplas e muitas pessoas – todas mulheres.

Ninguém mais tinha ido? Sim, muitos, porém nunca voltaram. Não era um lugar para homens – disso pareciam certos.

Contei aos rapazes sobre as histórias e eles riram. Eu também, naturalmente. Conhecia a matéria de que eram feitos os sonhos selvagens.

Entretanto, quando chegamos ao ponto mais distante que a expedição alcançaria, um dia antes de dar meia-volta e começar o retorno para casa, como até mesmo as melhores expedições devem fazer um dia, nós três fizemos uma descoberta.

O acampamento ficava em um trecho de terra que acabava no curso principal, ou no que pensávamos ser o curso principal. A água tinha a mesma cor barrenta que vínhamos vendo havia semanas, o mesmo gosto.

Mencionei por acaso aquele rio ao nosso último guia, um camarada bastante superior aos outros, com olhos brilhantes e rápidos.

Ele me disse que havia outro.

– Ali, rio pequeno, água doce, vermelha e azul.

Fiquei interessado e ansioso para confirmar se tinha entendido, então mostrei a ele um lápis vermelho e azul que eu carregava e perguntei de novo.

Ele confirmou e apontou para o rio, então para o sudoeste.

– Rio, água boa, vermelho e azul.

Terry estava por perto e ficou interessado no que o camarada tinha apontado.

– O que ele está dizendo, Van?

Expliquei a ele.

Meu amigo se iluminou de imediato.

– Pergunte a que distância fica.

O homem indicou uma viagem curta; considerei que deveria estar a duas horas de caminhada, talvez três.

– Vamos – Terry urgiu. – Só nós três. Talvez realmente encontremos alguma coisa. Pode haver cinábrio nele.

– Ou qualquer coisa anil – Jeff sugeriu, com seu sorriso preguiçoso.

Ainda era cedo; tínhamos acabado de tomar o café da manhã; avisando que voltaríamos antes que a noite caísse, fomos embora discretamente, não querendo ser considerados crédulos se falhássemos, mas esperando em segredo ter uma bela descoberta só para nós.

Foram mais que duas horas, quase três. Imaginei que o guia pudesse fazer a viagem sozinho muito mais rápido. Nunca teríamos conseguido encontrar o caminho pelo emaranhado desesperador de madeira e água, com trechos alagadiços. Mas havia um caminho, e eu podia ver Terry com sua bússola e seu bloco de notas, marcando direções e pontos de referência.

Depois de um tempo, chegamos a uma espécie de lago pantanoso bem grande, de modo que a floresta do outro lado parecia baixa e indistinta. Nosso guia nos disse que um barco poderia ir direto dali para o acampamento. Mas "longe, o dia todo".

A água parecia um pouco mais límpida ali, porém não dava para ter certeza da margem. Demoramos cerca de meia hora para contornar o lago, e a terra ficava cada vez mais firme conforme avançávamos. Assim que viramos numa elevação arborizada, encontramos uma paisagem bastante diferente, com uma vista repentina das montanhas, íngremes e nuas.

– Um daqueles longos picos orientais – Terry disse, admirando-o. – Pode ter centenas de quilômetros de altura. Despontam assim mesmo.

De repente deixamos o lago para trás e fomos na direção dos picos. Ouvimos a água correndo antes de alcançá-los, e o guia apontou orgulhoso para seu rio.

Era pequeno. Podíamos ver onde terminava, numa cachoeira estreita que caía desde o alto do penhasco. A água era doce. O guia bebeu com vontade, e nós também.

– É água de desgelo – Terry anunciou. – Deve vir de lá de cima.

Quanto a ser vermelha e azul... era mais esverdeada. O guia não pareceu se incomodar. Deu uma volta e depois nos levou a uma piscina marginal, em cujas bordas havia manchas vermelhas e, sim, azuis.

Terry pegou a lupa e se abaixou para investigar.

– Algum tipo de produto químico... Não sei dizer qual. Parece uma tintura. Vamos ver a cachoeira – ele sugeriu.

Corremos pelas margens íngremes até a piscina espumante e borbulhante sob a queda-d'água. Procuramos na borda e encontramos inegáveis traços de cor. E mais: Jeff de repente ergueu um troféu inesperado.

Era apenas um trapo, um pedaço de pano comprido e emaranhado. Mas era um tecido bem tramado, com um padrão, de um escarlate que a água não tinha desbotado. Nenhuma tribo selvagem que tínhamos visto produzia aquele tipo de tecido.

O guia se manteve à margem, sereno, satisfeito com nossa empolgação.

– Um dia azul, um dia vermelho, um dia verde – ele disse, puxando da algibeira outra tira de tecido de cor forte. – Desce – ele disse, apontando para a cachoeira. – País de mulheres, lá em cima.

Aquilo chamou nossa atenção. Descansamos e almoçamos bem ali, pressionando o homem por mais informações. Ele só disse o mesmo que os outros: um país de mulheres, sem homens, com bebês, mas apenas meninas. Não era lugar para homens, era perigoso. Alguns tinham ido ver, ninguém havia voltado.

Notei a mandíbula apertada de Terry. Não era lugar para homens? Perigoso? Ele parecia capaz de subir a cachoeira naquele mesmo instante. Mas o guia não queria saber daquilo, mesmo se houvesse uma maneira de escalar, e precisávamos voltar ao acampamento antes do anoitecer.

– Talvez eles fiquem se contarmos – sugeri.

Mas Terry se deteve.

– Vejam, amigos – ele disse. – Fomos nós que descobrimos. Não vamos contar nada àqueles velhos professores cheios de si. Vamos voltar para casa com eles e então retornar, por conta própria, com uma pequena expedição só nossa.

Olhamos para ele, impressionados. Havia algo de atraente para um bando de jovens descomprometidos em descobrir um país de natureza amazônica.

Claro que não acreditávamos naquela história... Mas mesmo assim!

– Nenhuma das tribos locais produz este tipo de tecido – anunciei, examinando os trapos com muito cuidado. – Em algum lugar lá em cima, pessoas fiam, tecem e tingem, assim como nós.

– O que indica a existência de uma civilização considerável, Van. Não pode existir um lugar assim de que ninguém saiba.

– Bem, eu não sei. E aquela velha república em algum lugar nos Pirineus? Andorra? Poucas pessoas sabem alguma coisa sobre ela, que vem cuidando de seus próprios negócios por mais de mil anos. E Montenegro, aquele esplêndido e diminuto Estado? Poderia haver uma dúzia de Montenegros lá em cima.

Discutimos avidamente durante todo o trajeto de volta para o acampamento. Discutimos com cuidado e discrição na viagem para casa. Discutimos depois disso, ainda só entre nós, enquanto Terry se ocupava dos preparativos.

Ele estava bastante animado. Por sorte, tinha muito dinheiro. Caso contrário, teríamos de implorar e anunciar por anos antes de começar a jornada, e então teria se tornado uma questão de diversão pública, alimento para os jornais.

Mas T. O. Nicholson podia disponibilizar seu grande iate a vapor, a bordo do qual cabia seu barco motorizado feito por encomenda, que por sua vez podia abrigar seu biplano "camuflado". Tudo isso sem nenhum tipo de repercussão além de um breve comentário na coluna social.

Tínhamos provisões, profiláticos e todo tipo de suprimentos. Sua experiência prévia também o colocava em uma boa posição. Era o figurino completo.

Íamos deixar o iate no porto seguro mais próximo e seguir pelo rio infinito no barco motorizado, só nós três e o piloto; ele ficaria naquele último ponto de parada onde o acampamento se instalara, então prosseguiríamos sozinhos.

Deixaríamos o barco motorizado ancorado no lago amplo e raso. Ele tinha uma couraça especial para cobertura, fina e forte, que ia protegê-lo como uma concha.

– Os nativos não vão conseguir entrar, quebrar ou mover – Terry explicou orgulhoso. – Partimos de avião de lá, deixando o barco como uma base para onde voltar.

– Se voltarmos – sugeri animado.

– Tem medo de que as damas o devorem? – ele zombou.

– Nem temos certeza de que são só mulheres – disse Jeff, com sua fala arrastada. – Pode haver um contingente de homens com flechas envenenadas ou coisa do tipo.

– Não precisa ir se não quiser – Terry observou irônico.

– Seria preciso uma ordem judicial para me deter!

Disso tanto Jeff quanto eu tínhamos certeza.

Entretanto, ao longo do caminho surgiram diferenças de opinião.

Uma viagem pelo oceano proporciona muito tempo para discutir. Agora que ninguém nos escutava, podíamos nos esticar nas espreguiçadeiras e falar e falar – afinal, não havia mais nada a fazer. A absoluta ausência de fatos só tornava o campo de discussão ainda mais amplo.

– Vamos deixar os documentos com nosso cônsul onde o iate estacionar – Terry planejou. – Se não voltarmos em... Vamos estabelecer um mês... Eles podem mandar um grupo de resgate atrás de nós.

– Uma expedição de retaliação – comentei. – Se as mulheres realmente nos comerem, devemos retrucar.

– Eles vão conseguir localizar a última parada com facilidade. Fiz uma espécie de mapa do lago, do penhasco e da cachoeira.

– Sim, mas como vão subir? – Jeff perguntou.

– Do mesmo jeito que nós, claro. Se três estimados cidadãos americanos estiverem perdidos lá em cima, vão ter de ir atrás de nós. Isso sem comentar as resplandecentes atrações da bela terra que podemos chamar de Feminísia – ele concluiu.

– Tem razão, Terry. Assim que a história se espalhar, o rio vai se encher de expedições e os aviões mais parecerão nuvens de mosquitos no céu. – Ri diante daquela ideia. – Foi um grande erro não termos trazido o sr. Imprensa Marrom conosco. Imagine só as manchetes!

– Discordo! – Terry disse, sombrio. – Esta expedição é nossa. Vamos achar o lugar sozinhos.

– O que vai fazer quando encontrá-lo? Se encontrá-lo... – Jeff perguntou com delicadeza.

Ele tinha uma alma tranquila. Devia achar que, se o país existisse, nele desabrochavam rosas, bebês, canários e coisas do tipo.

Já Terry, lá no fundo, tinha visões de uma espécie de refúgio de verão sublimado, só garotas, garotas e garotas, onde seria... bem, Terry era popular entre as mulheres mesmo quando havia outros homens por perto, e não é de surpreender que tivesse agradáveis sonhos relacionados ao que poderia acontecer. Dava para ver em seus olhos quando ele estava deitado ali, observando os passarinhos azuis passarem enquanto alisava seu impressionante bigode.

Na época, eu achava que tinha uma ideia muito mais clara do que encontraríamos pela frente que meus dois amigos.

– Vocês estão enganados, meus caros – expliquei. – Se tal lugar existe, e parece haver fundamentos para acreditar nisso, vão ver que foi construído sobre o postulado do matriarcado, nada mais. Os homens devem formar um grupo separado, menos desenvolvido socialmente, e devem lhes fazer visitas anuais para acasalamento. É uma condição que sabemos que já existiu, e pode ter sobrevivido ali por algum motivo. Talvez haja algum tipo de vale ou planalto peculiarmente isolado lá em cima, que garanta a manutenção dos costumes primitivos. Só isso.

– E os meninos? – Jeff perguntou.

– Ah, os homens devem levá-los quando chegam aos cinco ou seis anos.

– E quanto à teoria de que é um lugar perigoso, como todos os guias apontaram?

– De fato deve ser, Terry, então teremos de tomar cuidado. Mulheres em tal estado da cultura são perfeitamente capazes de se defender e não admitem visitantes fora de época.

Falamos e falamos.

E eu, com meus ares de superioridade sociológica, não estava mais perto da verdade do que qualquer um deles.

No entanto, à luz do que viemos a descobrir, é curioso como aquelas noções de como seria um país de mulheres pareciam extremamente claras. Não adiantava de nada dizer a nós mesmos e aos outros que tudo aquilo não passava de especulação ociosa. Estávamos de fato ociosos e especulando, primeiro na viagem pelo oceano, depois pelo rio.

– Admitindo a improbabilidade... – começávamos solenemente, e então íamos em frente.

– Elas lutariam entre si – Terry insistiu. – É o que as mulheres sempre fazem. Não podemos esperar nenhum tipo de ordem ou organização.

– Você não poderia estar mais equivocado – Jeff disse. – Será como um convento de freiras. Uma irmandade pacífica e harmoniosa.

Escarneci diante da ideia.

– Freiras? Suas irmãs pacíficas seriam todas celibatárias, Jeff, e cumpriram voto de obediência. São apenas mulheres, e mães. Onde há maternidade não se encontra irmandade. Ou pelo menos não muita.

– Não, senhor. Elas devem lutar entre si – concordou Terry. – E não devemos esperar invenções ou progresso. Deve ser bastante primitivo.

– Mas e o tecido que encontramos? – Jeff lembrou.

– Tecido! Mulheres sempre foram fiandeiras. Mas devem ter parado aí. Você vai ver.

Zombamos de Terry por sua opinião modesta de que seríamos bem recebidos, mas ele se manteve firme.

– Vocês vão ver – insistiu. – Vou me sair bem com todas elas, e jogar umas contra as outras. Serei eleito rei em pouco tempo! Não deverei nada a Salomão!

– E onde ficamos nessa história? – perguntei. – Seremos vizires ou coisa do tipo?

– Não posso arriscar – ele afirmou solene. – Talvez começassem uma revolução. É muito provável, aliás. Não, vocês terão de ser decapitados, estrangulados ou qualquer que seja o método de execução mais popular lá.

– Mas lembre-se de que teria de fazê-lo com suas próprias mãos – Jeff brincou. – Não há escravos ou mamelucos! E somos dois contra um. Certo, Van?

As ideias de Jeff e Terry eram tão díspares que às vezes não havia muito que eu pudesse fazer para manter a paz entre eles. Jeff idealizava as mulheres no melhor estilo sulista. Era todo cavalheirismo e sentimentos. E era um bom rapaz; vivia de acordo com seus ideais.

Seria correto dizer que Terry também vivia assim, caso se pudesse chamar sua visão das mulheres de algo tão educado quanto "ideais". Sempre gostei dele. Todos os homens gostavam. Era generoso, corajoso e esperto; mas não acho que, nos tempos de faculdade, nenhum de nós gostaria de vê-lo com a irmã. Não éramos rigorosos, de maneira alguma! Porém Terry era o limite. Mais tarde – afinal, a vida de um homem só diz respeito a ele próprio –, nós nos acostumamos a não fazer perguntas.

Mas, salvo talvez sua mãe, alguém que poderia vir a ser sua esposa e, é claro, as parentes mais próximas de seus amigos, a ideia de Terry costumava ser de que mulheres bonitas eram apenas um jogo, enquanto as outras nem deviam ser levadas em conta.

Às vezes, era muito desagradável vê-lo expressar suas opiniões.

Mas eu perdia minha paciência com Jeff também. Ele via as mulheres através de lentes cor-de-rosa. Eu ficava no meio, muito mais científico, claro, e costumava argumentar de forma erudita sobre as limitações fisiológicas do sexo.

Não éramos nem um pouco "avançados" quando se tratava de mulheres. Nenhum de nós.

Então brincávamos, disputávamos e especulávamos. Depois de uma interminável jornada, finalmente chegamos ao ponto em que nosso antigo acampamento tinha se instalado.

Não foi difícil encontrar o rio, rondando por aqueles lados até deparar com ele. O trajeto até o lago era navegável.

Quando chegamos lá e entramos em seu amplo seio reluzente, com a elevação arborizada e a queda reta e branca claramente visíveis, a aventura se tornou mais excitante.

Discutimos, ali mesmo, se dávamos a volta nas pedras à procura de um caminho para subir. A selva alagadiça fazia o método parecer não apenas difícil, mas perigoso.

Terry dispensou o plano com vigor.

– Bobagem, companheiros! Já decidimos. Pode demorar meses e não temos as provisões necessárias. Não, senhores, temos de arriscar. Se voltarmos a salvo, muito bem. Se não, bem, não seremos os primeiros exploradores a nos perder na mata. Haverá muitos outros para ir atrás de nós.

Assim, carregamos o biplano com nossa bagagem cientificamente reduzida: a câmera, é claro; os binóculos; um suprimento de comida concentrada. Nossos bolsos eram redutos de pequenas necessidades, e tínhamos nossas armas, é claro – não sabíamos o que poderia acontecer.

Levantamos voo, subindo bem alto, para compreender "a disposição da terra" e registrá-la.

Do mar verde-escuro que era a floresta densa despontava abruptamente o pico mais elevado. Ele corria de um lado a outro, aparentemente, até as montanhas ao longe, coroadas por nuvens brancas, elas próprias provavelmente inacessíveis.

– Vamos fazer um voo de reconhecimento geográfico primeiro – sugeri. – Dar uma olhada e voltar para cá para reabastecer. Em alta velocidade, vamos conseguir chegar à cordilheira e retornar em segurança. Então poderemos deixar algum tipo de mapa para aquela expedição de resgate.

– É uma boa ideia – Terry concordou. – Posso esperar mais um dia para me tornar rei nesse país de mulheres.

Fizemos uma longa viagem de reconhecimento, contornamos o pico mais próximo e sobrevoamos um lado do triângulo o mais rápido possível, cruzando a base onde ficavam as montanhas mais altas e retornando ao lago à noite.

– É um belo reino – concordamos quando o mapa estava rascunhado e medido. Podíamos calcular as dimensões pela nossa velocidade. E pelo que tínhamos podido ver (e pela crista gelada na outra extremidade).

– Só um selvagem bastante desbravador conseguiria adentrá-lo – disse Jeff.

É claro que também tínhamos dado uma olhada na terra em si; estávamos curiosos, mas voamos alto e rápido demais para ver muita coisa. Parecia haver uma floresta densa nas beiradas, mas no interior se estendiam planícies amplas, prados e espaços abertos.

Também havia cidades; daquilo eu sabia. Parecia... bom, como qualquer outro país – civilizado, quero dizer.

Tivemos de dormir depois daquela longa varredura aérea, mas acordamos cedo no dia seguinte e subimos suavemente até as alturas, passando pela copa das árvores e observando a ampla e bela terra a nosso bel-prazer.

– Semitropical. Parece um clima de primeira linha. É maravilhoso o que um pouco de altitude faz com a temperatura. – Terry estudava o crescimento da floresta.

– Um pouco de altitude? É assim que você chama? – perguntei. Nossos instrumentos funcionavam bem. Nem tínhamos notado quanto havíamos subido.

– É o que eu chamo de um belíssimo pedaço de terra – Terry insistiu. – Agora vamos ao povo. Já vi bastante do cenário.

Então voamos baixo, indo para a frente e para trás, sobrevoando o país para estudá-lo. Vimos – não consigo lembrar quanto notamos no momento e quanto complemento agora com meu conhecimento posterior, mas naquele mesmo dia animador vimos muitas coisas – uma terra perfeitamente cultivada, onde até as florestas pareciam bem cuidadas; uma terra que parecia um enorme parque, e ainda mais um enorme jardim.

– Não vejo um castelo – comentei, mas Terry se manteve em silêncio. Estávamos nos aproximando de uma cidade.

Confesso que demos pouca atenção às estradas limpas e bem construídas, à arquitetura atraente, à beleza ordeira daquela cidadezinha. Pegamos os binóculos; até Terry, que estava preparando o avião para uma descida em espiral, levou o seu aos olhos.

O povo ouviu o zumbido do avião. Correu para fora das casas e se juntou nos campos, figuras leves correndo rápido, multidões delas. Olhamos e olhamos até que era quase tarde demais para mudar a direção e subir de novo; então nos mantivemos durante um tempo lá em cima.

– Meu Deus! – disse Terry depois de um tempo.

– Só mulheres... e crianças – Jeff apontou empolgado.

– Mas elas parecem... Por Deus, é um país *civilizado*! – protestei. – Deve haver homens.

– É claro que há – Terry disse. – Vamos encontrá-los.

Ele se recusou a ouvir a sugestão de Jeff de examinar o país mais um pouco antes de arriscar sair do avião.

– Há um bom espaço de pouso bem ali de onde viemos – ele insistiu, e era mesmo excelente: uma pedra larga e plana, com vista para o lago, que não podia ser enxergada da cidade. – Elas não vão encontrar o avião tão cedo – ele garantiu enquanto seguíamos com um pouco de dificuldade para uma base mais segura. – Vamos, rapazes. Havia algumas mulheres bem bonitas naquele grupo.

Claro que não foi nada sensato da nossa parte.

Depois, foi bastante fácil ver que o melhor plano teria sido estudar mais o país antes de deixar nosso veloz avião e nos aventurar a pé. Mas éramos três homens jovens. Falávamos sobre aquele país por mais de um ano, mal acreditando que existia. E agora estávamos lá.

Pareceu seguro e civilizado o bastante. Entre os rostos virados para cima na multidão, embora alguns aparentassem medo, outros eram de grande beleza – com aquilo todos nós concordávamos.

– Vamos lá! – gritou Terry, motivando-nos. – Ah, deixem disso! Vamos à Terra das Mulheres!

2. AVANÇOS PRECIPITADOS

Julgamos que havia de quinze a vinte e cinco quilômetros entre a pedra em que pousamos e o último vilarejo. Apesar de nossa empolgação, achamos que era melhor nos ater à floresta e seguir com cuidado.

Até o fervor de Terry foi freado por sua firme convicção de que encontraríamos homens, por isso nos certificamos de que cada um de nós tivesse um bom estoque de cartuchos.

– Podem ser poucos e estar escondidos em algum lugar; deve ser algum tipo de matriarcado, como Jeff disse. Talvez vivam no alto das montanhas e mantenham as mulheres nessa parte do país, como uma espécie de harém nacional! Mas há homens em algum lugar. Viram os bebês?

Tínhamos visto os bebês, crianças grandes e pequenas, em todo lugar do qual havíamos nos aproximado o suficiente para distinguir as pessoas. E, embora não pudéssemos ter certeza de todos os adultos só levando em conta a roupa, ninguém estava certo de ter visto um homem.

– Sempre gostei daquele ditado árabe: "Primeiro, amarre seu camelo; depois, confie no Senhor" – Jeff murmurou.

Então mantivemos as armas em punho, avançando com cautela pela floresta. Terry a estudava à medida que progredíamos.

– Que civilização... – ele comentou baixinho, procurando conter o entusiasmo. – Nunca vi uma floresta tão bem cuidada, nem na Alemanha. Notaram que não há um único ramo morto? As plantas são podadas! E olhem só! – Ele parou para observar, chamando a atenção de Jeff para as árvores à frente.

Eles me deixaram como ponto de referência e exploraram rapidamente os dois lados.

– Praticamente todas frutíferas – os dois anunciaram em seu retorno. – O resto fornece uma madeira de lei esplêndida. Chamam isso de floresta? É um pomar!

– É bom ter um botânico à mão – concordei. – Não há nenhuma medicinal? Ou são apenas ornamentais?

De fato, eles estavam certos. As árvores altas eram cultivadas com tanto cuidado quanto os repolhos. Em outras condições, provavelmente teríamos encontrado a floresta tomada por belas silvicultoras e colhedoras de frutas; mas um avião era algo conspícuo e de modo algum silencioso. E as mulheres eram cautelosas.

Tudo que encontramos em movimento na floresta, enquanto a atravessávamos, foram aves, algumas belíssimas, algumas cantando. Tudo estava tão tranquilo que parecia quase contradizer nossa teoria do cultivo – pelo menos até depararmos com as pequenas clareiras onde assentos e mesas de pedra ficavam à sombra, ao lado de fontes límpidas, sempre com banhos rasos para os pássaros.

– Não matam os pássaros, e aparentemente matam os gatos – Terry declarou. – *Tem* de haver homens aqui. Ouçam!

De fato, ouvimos alguma coisa, em nada parecida com o canto de um pássaro. Era muito mais como um sussurro ou uma risada contida – uma expressão de felicidade, instantaneamente sufocada. Ficamos parados como os perdigueiros; então sacamos depressa, mas com cuidado, os binóculos.

– Não pode ter sido muito longe – Terry disse animado. – Desta árvore? Talvez.

Havia uma bela árvore na clareira em que tínhamos acabado de entrar, com galhos grossos que se abriam como leques, como uma faia ou um pinheiro. O tronco devia ter sido cortado para ter cerca de seis metros de altura, e ela funcionava como um enorme guarda-chuva, sob o qual assentos estavam dispostos em círculo.

– Vejam – ele insistiu. – Deixaram alguns ramos mais baixos para subir. Acho que tem alguém lá em cima.

Nós nos aproximamos com bastante cautela.

– Cuidado para não levar uma flecha envenenada no olho – sugeri, mas Terry seguiu em frente, subindo no banco e segurando o tronco.

– É mais provável que a vítima seja meu coração – ele disse. – Minha nossa! Vejam!

Fomos para o lado dele e olhamos para cima. Ali, sobre os ramos, havia algo – mais do que algo –, mantendo-se imóvel perto do tronco. Quando começamos a subir, um atrás do outro, a coisa se dividiu em três figuras rápidas, que subiram correndo. Conforme escalávamos, nós as víamos de relance, mais acima. Tínhamos subido tão alto quanto três homens juntos ousavam subir, então vimos que as figuras haviam se afastado do tronco principal – cada uma delas equilibrada em um galho comprido que descia e balançava sob seu peso.

Paramos inseguros. Se continuássemos a perseguição, os ramos iriam se quebrar em consequência do fardo duplo. Talvez pudéssemos sacudi-los, mas nenhum de nós queria isso. Na luz suavemente sombreada àquela altura, sem fôlego em virtude da escalada rápida, descansamos um pouco, estudando avidamente nosso alvo; as figuras, por outro lado, tão tranquilas como crianças brincando de pega-pega com alegria, mantinham-se sentadas, leves como os pássaros coloridos em seus poleiros precários que nos encaravam com curiosidade e franqueza.

– São garotas – Jeff sussurrou como se fossem voar caso ouvissem.

– Pêssegos! – Terry acrescentou, um pouco mais alto. – Damascos, nectarinas! Ahhh!

É claro que eram meninas. Meninos nunca teriam aquela beleza resplandecente, mas nenhum de nós tivera certeza a princípio.

Vimos crianças de cabelo curto, sem chapéu, livres, radiantes; uma vestimenta de tecido leve e firme, próxima de túnicas e calções com polainas. Tão esplendorosas e suaves como papagaios, também sem nenhuma consciência do perigo. Elas se balançavam bem ali, completamente à vontade, olhando-nos de volta, até que uma e depois todas explodiram em risadas de deleite.

Seguiu-se então uma torrente de conversas suaves de um lado para o outro; não era musiquinha selvagem, mas havia algo claramente musical no modo de falar.

Retribuímos com risadas cordiais e tiramos os chapéus para elas, fazendo com que rissem de novo, felizes.

Então Terry, sentindo-se à vontade, fez um discurso educado, com gestos explicativos, e começou a nos apresentar, apontando para nós.

– Sr. Jeff Margrave – ele disse, devagar.

Jeff se curvou com toda a graciosidade que um homem poderia ter naquelas condições.

– Sr. Vandyck Jennings.

Também tentei cumprimentá-las de maneira clara e quase perdi o equilíbrio.

Então Terry colocou a mão no próprio peito – e era um belo peito –, apresentando-se. Ele se segurou com cuidado e conseguiu fazer uma excelente reverência.

De novo, elas riram animadas. A que estava mais perto de mim o imitou.

– Celis – ela disse com clareza, apontando para a menina de azul. – Alima. – Apontou para a de rosa. Então, com uma vívida imitação dos modos de Terry, ela apoiou a mão firme e delicada em seu próprio colete verde-esmeralda. – Ellador.

Foi agradável, mas não nos aproximamos.

– Não vamos aprender a língua sentados aqui – Terry protestou.

Ele acenou muito confiante para que se aproximassem, mas elas balançaram animadamente a cabeça. Ele sugeriu então por sinais que todos descêssemos juntos; mais uma vez, elas balançaram a cabeça, ainda felizes. Então Ellador indicou claramente que nós deveríamos descer, apontando para os três com uma firmeza inconfundível. Depois, pareceu dar a entender por um leve gesto que não só voltássemos para o chão, mas fôssemos embora; de modo que foi nossa vez de negar.

– Precisamos de uma isca – Terry disse, sorrindo. – Não sei quanto a vocês, mas eu vim preparado.

Ele tirou de um bolso interno uma caixinha de veludo roxo, que abriu com um estalo. Dentro, havia algo brilhante: um colar de pedras multicoloridas, que valeria um milhão se as pedras fossem reais. Ele o pegou na mão e balançou, deixando que brilhasse ao sol. Então o ofereceu a uma, depois a outra, aproximando-o o máximo possível da que estava mais perto dele. Continuou abraçando firme com uma mão a bifurcação do galho, enquanto com a outra ostentava sua reluzente tentação, esticando-se bastante, mas não tanto quanto podia.

Notei que ela estava interessada. Hesitou e falou com as companheiras. Elas conversaram num tom suave, uma evidentemente a alertando, outra encorajando. Então, devagar e com delicadeza, ela se aproximou. Era Alima, uma garota alta de tronco longo, de constituição sólida, forte e ágil. Seus olhos eram esplêndidos, grandes, destemidos, tão livres de suspeita quanto uma criança que nunca foi censurada. Seu interesse era mais como o de um garoto envolvido em um jogo fascinante que o de uma garota atraída por um ornamento.

As outras se afastaram um pouco, segurando firme e observando. O sorriso de Terry era irrepreensível, mas não gostei da expressão em seus olhos – de uma criatura prestes a dar o bote. Eu já podia ver a cena: o colar caindo, a mão a agarrando, o grito agudo da garota enquanto ele a puxava para mais perto. Mas não aconteceu. Ela esticou a mão direita timidamente para a bijuteria que chacoalhava alegre, ele a aproximou dela e, rápida como a luz, ela a pegou com a esquerda, pulando imediatamente para o ramo de baixo.

Ele fez sua tentativa, em vão, quase caindo ao se soltar; então, com uma velocidade inconcebível, as três criaturas foram embora. Pularam dos galhos maiores para aqueles mais baixos, abandonando a árvore em um segundo, enquanto tentávamos descer o mais rápido possível. Ouvimos sua risada feliz se afastando, vimos as três fugindo para a floresta aberta e as perseguimos, mas era como se corrêssemos com antílopes; acabamos parando, sem fôlego.

– Não adianta – Terry arfou. – Elas escaparam. Minha nossa! Os homens deste país devem ser ótimos corredores!

– Uma sociedade que ainda vive nas árvores – sugeri com um sorriso. – Civilizada e vivendo nas árvores. Que peculiar!

– Você não deveria ter feito isso – Jeff protestou. – Elas estavam sendo amistosas; agora você as assustou.

Mas não adiantava resmungar, e Terry se recusava a admitir que havia errado.

– Bobagem – ele disse. – Era o que queriam. Mulheres gostam de ser perseguidas. Vamos, precisamos chegar à cidade. Talvez as encontremos lá. Vamos ver... Era nessa direção, não muito distante da floresta, se me lembro bem.

Quando chegamos aos limites da floresta, voltamos a usar nossos binóculos, Ali estava, a pouco mais de seis quilômetros, a mesma cidade, concluímos, a menos, como Jeff aventou, que todas tivessem casas cor-de-rosa. Largos campos verdejantes e jardins cuidadosamente cultivados aos nossos pés, uma longa e tranquila ladeira, com estradas sinuosas e acessíveis para lá e para cá, acompanhadas por passagens mais estreitas.

– Vejam só! – Jeff gritou de repente. – Lá estão elas!

De fato, perto da cidade, do outro lado do amplo prado, três figuras brilhantes corriam tranquilamente.

– Como podem ter se afastado tanto em tão pouco tempo? Não devem ser as mesmas – comentei. Mas, com os binóculos, confirmamos que eram nossas belas escaladoras de árvores, pelo menos a julgar pelas roupas.

Terry as observou, todos nós as observamos, na verdade, até que desapareceram entre as casas. Então ele guardou o binóculo e virou para nós, respirando fundo.

– Minha nossa, rapazes. Elas são maravilhosas! Subir em árvores daquele jeito! Correr assim! E não têm medo de nada. Este país me agrada. Vamos em frente.

– Sem risco não há vitória – sugeri.

– Um coração fraco nunca ganhou uma bela dama – Jeff preferiu.

Saímos para o campo aberto, caminhando depressa.

– É melhor ficarmos alertas caso haja homens – falei, mas Jeff parecia perdido em seus sonhos e Terry, em seus planos bem práticos.

– Que estrada perfeita! Que país maravilhoso! Estão vendo as flores?

Quem disse isso foi Jeff, sempre entusiasmado; mas concordávamos plenamente.

A estrada era de algum tipo de material manufaturado resistente, ligeiramente inclinada para que a água da chuva escorresse, cada curva, grau e vala tão perfeitos quanto os das melhores estradas da Europa.

– Nada de homens, hein? – zombou Terry.

De cada lado, uma fileira dupla de árvores fazia sombra na trilha; entre as árvores havia arbustos ou videiras, todos com fruta, e com certa frequência assentos e pequenas fontes. As flores estavam por toda parte.

– Podemos importar algumas dessas mulheres para os Estados Unidos – propus. – Lugarzinho agradável elas têm aqui.

Descansamos por alguns momentos em uma das fontes, experimentamos as frutas que pareciam maduras e seguimos em frente, impressionados, apesar da animada bravata, com a sensação de um poder silencioso que se debruçava sobre nós.

Era evidente que se tratava de um povo altamente qualificado e eficiente, que se dedicava a seu país como um jardineiro se dedica às suas orquídeas mais caras. Sob o azul brando e brilhante do céu limpo, na agradável sombra das intermináveis fileiras de árvores, caminhamos ilesos, o silêncio plácido quebrado apenas pelos pássaros.

Até que, diante de nós, ao pé de uma grande montanha, estava a cidade ou vila a que visávamos. Paramos e a estudamos.

Jeff respirou fundo.

– Não achei que uma coleção de casas poderia ter aparência tão adorável – ele disse.

– Sobram arquitetos e jardineiros aqui, isso é certo – concordou Terry.

Eu mesmo estava assombrado. Sou da Califórnia, e não há lugar mais agradável, mas quando se trata de cidades… Com frequência eu grunhia ao ver a bagunça ofensiva que o homem fazia na natureza, mesmo não sendo nenhum especialista como Jeff. Mas aquele lugar! Era construído principalmente com algum tipo de pedra rosada, mas tinha algumas poucas casas brancas aqui e ali; e se espalhava por entre os bosques verdes e jardins como um rosário rompido de contas cor-de-rosa.

– As brancas maiores são claramente prédios públicos – Terry declarou. – Este não é um país selvagem, meus amigos. Mas e os homens? Acho que devemos avançar com mais cuidado.

Era muito peculiar, e parecia ainda mais impressionante conforme nos aproximávamos.

– É como uma exposição.

– É bonito demais para ser verdade.

– Muitos palácios, mas onde estão as casas?

– Ah, há casinhas o bastante, mas…

Certamente era diferente de qualquer cidade que tivéssemos visto.

– Não tem sujeira – Jeff disse de repente. – Nem fumaça – acrescentou depois de um tempo.

– E nada de barulho – contribuí.

Terry me esnobou:

– Isso porque estão se escondendo de nós. É melhor tomar cuidado ao entrar.

Nada poderia induzi-lo a ficar de fora, portanto prosseguimos.

Tudo era beleza, ordem, limpeza e a sensação agradabilíssima de um lar. Conforme alcançávamos o centro da cidade, as casas ficavam mais próximas, como se fossem palácios agrupados entre parques e praças, prédios de universidades com tranquilas áreas verdes.

Então, virando uma esquina, demos em um amplo espaço pavimentado e encontramos diante de nós um grupo de mulheres enfileiradas, evidentemente nos aguardando.

Paramos por um momento e olhamos para trás. Havia outra fileira de mulheres ali, marchando firme em nossa direção, ombro a ombro. Seguimos em frente – não parecia que tínhamos opção – e nos vimos cercados pela multidão. Eram todas mulheres, mas...

Não eram jovens. Não eram velhas. Não eram, no sentido feminino da palavra, bonitas. Não eram nem um pouco ferozes. Ainda assim, enquanto olhava de rosto em rosto, calmo, grave, sábio, totalmente destemido, evidentemente seguro e determinado, tive uma estranha sensação, uma sensação antiga, algo que tentei puxar de memória e finalmente descobri de onde vinha: era a sensação de estar terrivelmente enganado, que tantas vezes sentira na infância, quando todo o esforço de minhas pernas curtas não conseguia me impedir de chegar atrasado à aula.

Jeff sentiu o mesmo; dava para ver. Éramos como garotinhos, bem pequenos, pegos fazendo algo de errado na casa de uma senhora importante. Mas Terry não demonstrou nenhuma consciência disso. Vi seus olhos indo velozes de um lado para o outro, estimando números, medindo distâncias, buscando maneiras de escapar. Ele examinou as mulheres à nossa volta, que chegavam de todos os lados, e murmurou suavemente para mim:

– Todas acima dos quarenta, posso jurar.

No entanto, não eram velhas. Todas estavam no auge da saúde, eretas, serenas, pisando com a firmeza e leveza dos pugilistas. Não carregavam armas como nós, mas não queríamos atirar.

– Seria como atirar em minhas tias – Terry murmurou. – O que será que querem conosco? Parecem sérias.

Mas, apesar do aspecto prático da situação, ele decidiu testar sua tática favorita. Terry tinha vindo armado com uma teoria.

Ele deu um passo à frente, com seu sorriso atraente e brilhante no rosto, e fez uma breve mesura às mulheres. Então surgiu com outro tributo: um lenço largo macio e translúcido, rico em cor, padrão e textura, realmente adorável, mesmo aos meus olhos, e ofereceu com uma grande reverência à mulher alta e sisuda que parecia liderar o grupo. Ela o aceitou assentindo com graça e o passou para as mulheres logo atrás de si.

Terry tentou novamente, desta vez com uma coroa de brilhantes, que agradaria qualquer mulher no mundo. Ele fez um breve gesto, incluindo Jeff e eu como seus parceiros naquela oferta, e com outra mesura a entregou. De novo, o presente foi aceito e, de novo, passado adiante.

– Se elas fossem mais novas – ele murmurou entredentes. – Que diabos um homem pode dizer a um regimento de velhos coronéis como este?

Em todas as nossas discussões e especulações, sempre assumimos de forma inconsciente que as mulheres, independentemente de suas outras características, seriam jovens. É como a maioria dos homens pensa, imagino.

"Mulher", em sua forma abstrata, é uma pessoa jovem e presumivelmente encantadora. Conforme envelhecem e passam desse estágio, de algum modo se tornam quase propriedade privada, ou simplesmente deixam de ser chamadas daquela maneira. Mas estas boas senhoras ainda estavam naquele estágio, embora todas pudessem ser avós.

Procuramos por alguém nervoso, mas foi em vão.

Procuramos por alguém com medo, mas foi em vão.

Alguém desconfortável, curioso, animado... mas tudo o que víamos era o que podia muito bem ser um comitê de vigilância formado por médicas com acentuada frieza e evidentemente querendo nos punir por estarmos ali.

Seis delas deram um passo à frente, uma de cada lado de cada um de nós, e indicaram que deveríamos acompanhá-las. Achamos que era melhor obedecer, pelo menos a princípio, e marchamos lado a lado com elas, as outras em uma massa compacta à frente, atrás e de ambos os lados.

Uma grande construção surgiu diante de nós, um lugar impressionante, com paredes grossas e aspecto antigo, de pedra cinza, diferente do resto da cidade.

– Ah, não! – Terry nos disse depressa. – É melhor não entrarmos. Todos juntos, agora!

Paramos. Começamos a explicar e, fazendo gestos na direção da floresta, indicamos que voltaríamos para lá de imediato.

Faz-me rir, sabendo o que sei agora, pensar nos três garotos que éramos – e nada mais. Três garotos audaciosos e impertinentes, entrando em um país desconhecido sem nenhum tipo de guarda ou forma de defesa. Parecíamos pensar que, se houvesse homens, poderíamos lutar contra eles, e, se houvesse apenas mulheres... Ora, elas não seriam nenhum obstáculo.

Jeff com suas noções gentis, românticas e antiquadas de mulheres se espalhando como videiras. Terry com suas teorias muito práticas de que havia dois tipos de mulheres: as que ele queria e as que não queria; "desejáveis" e "indesejáveis" era a única diferenciação que fazia. As últimas formavam um grupo grande, mas fácil de ignorar – ele nunca tinha pensado nelas de fato.

E agora ali estavam, em grande número, evidentemente indiferentes ao que ele poderia pensar, evidentemente determinadas em relação ao propósito que tinham para ele, e aparentemente capazes de realizá-lo em sua plenitude.

Pensamos muito. Não parecia sábio nos recusarmos a ir com elas, mesmo que pudéssemos fazer aquilo; nossa única chance era sermos amistosos – uma atitude civilizada de ambos os lados.

Entretanto, uma vez dentro da construção, não havia como saber o que aquelas mulheres determinadas fariam conosco. Nem mesmo uma detenção pacífica passava por nossas cabeças, e quando falamos em aprisionamento pareceu ainda pior.

Então defendemos nosso ponto, tentando deixar claro que preferíamos o céu aberto. Uma delas se adiantou com um desenho do nosso avião, perguntando por meio de sinais se éramos os visitantes aéreos que tinham visto.

Admitimos que sim.

Elas apontaram para o desenho de novo, depois para diferentes direções à nossa volta. Fingimos que não sabíamos onde estava, e de fato já não tínhamos mais certeza, acabando por indicar sem muita segurança sua localização.

Mais uma vez elas sinalizaram que deveríamos entrar, e ficaram tão amontoadas na porta que sobrava apenas uma pequena passagem. Todas atrás de nós e à nossa volta estavam firmes, e não havia nada a fazer além de seguir em frente – ou lutar.

Conversamos brevemente.

– Nunca lutei com uma mulher – Terry disse, muito perturbado –, mas não vou entrar. Não serei tratado como gado num curral.

– É claro que não podemos lutar com elas – Jeff disse. – São mulheres, apesar de suas roupas indefiníveis. E boas mulheres... Com um rosto sensato e determinado. Acho que teremos de entrar.

– Se o fizermos, talvez nunca consigamos sair – falei. – São fortes e sensatas, mas não tenho muita certeza de sua bondade. Olhem só para elas!

Elas esperaram tranquilamente enquanto conversávamos, mas sem relaxar a atenção.

Sua atitude não era a da disciplina rígida dos soldados; não havia nenhuma coação nelas. A referência de Terry ao "comitê de vigilância" era altamente descritiva. Tinham o aspecto de cidadãs robustas reunidas apressadamente para avaliar alguma necessidade ou perigo coletivos, todas movidas pelos mesmos sentimentos, para o mesmo fim.

Nunca, em nenhum outro lugar, eu tinha visto mulheres com aquelas características. Peixeiras e mercadoras talvez mostrassem uma força similar, mas com certo peso e rudeza. Aquelas mulheres eram atléticas: leves e poderosas. Professoras, escritoras e outras podiam demonstrar uma inteligência similar, mas também demonstravam certa tensão ou abalo nos nervos, enquanto aquelas mulheres eram calmas como vacas, apesar de seu intelecto avançado.

Sentimos que era um momento crucial, por isso ficamos muito atentos.

A líder deu algum tipo de comando e nos estimulou a andar. A multidão à nossa volta se aproximou.

– Precisamos decidir logo – disse Terry.

– Voto em entrar – disse Jeff. Mas éramos dois contra um, e ele aceitou nossa decisão. Fizemos mais um esforço para que nos deixassem ir, com urgência, mas sem implorar. Foi em vão.

– Vamos correr, rapazes – Terry disse. – Se não conseguirmos escapar, dou um tiro para o ar.

De repente estávamos quase na mesma posição de uma sufragista tentando entrar no Parlamento apesar do cordão de isolamento triplo da polícia de Londres.

A solidez daquelas mulheres era impressionante. Terry logo se deu conta de que era inútil insistir e aproveitou um segundo em que conseguiu se soltar para puxar o revólver e atirar para cima. Elas o pegaram, mas ele atirou de novo. Ouvimos um grito.

Imediatamente cada um de nós foi segurado por cinco mulheres, cada uma pegando um braço, uma perna ou a cabeça; fomos levantados como crianças, crianças indefesas tentando se soltar, brigando de fato, mas sem sucesso.

Fomos conduzidos para dentro, lutando com garra, porém segurados com firmeza, apesar de nossos esforços.

Carregados, chegamos a um salão interno, cinza e nu, e fomos levados à presença de uma mulher majestosa de cabelo grisalho, que parecia ocupar uma posição judicial.

Houve alguma conversa, não muita, e de repente recaiu sobre cada um de nós uma mão firme segurando um pano molhado contra a nossa boca e o nosso nariz – um odor cheio de doçura. Era uma ordem para nos anestesiar.

3. UM APRISIONAMENTO PECULIAR

Acordei devagar de um sono profundo como a morte, tão revigorante como o de uma criança.

Foi como subir, subir e subir em um oceano abissal e morno, aproximando-me cada vez mais da luz em sua plenitude e do ar em movimento. Ou como o retorno à consciência depois de uma concussão. Certa vez, caí do cavalo enquanto visitava um país selvagem e montanhoso bastante novo para mim. Lembro-me claramente da experiência mental de voltar à vida, erguendo os véus do sonho. Quando comecei a ouvir as vozes vagas daqueles que me rodeavam e vi os picos nevados brilhantes de tamanha magnitude, assumi que aquilo também iria passar e que me encontrava em minha própria casa.

Essa foi precisamente a experiência do despertar: a visão de um turbilhão como ondas retornando, memórias do lar, o barco a vapor, o motorizado, o avião, a floresta – todos finalmente afundando, um depois do outro, até que meus olhos estivessem bem abertos, minha mente limpa, e eu me dei conta do que estava acontecendo.

A sensação mais proeminente era de conforto físico absoluto. Eu estava deitado em uma cama perfeita: comprida, larga, agradável; macia, firme e nivelada; com os melhores lençóis, uma manta leve e uma colcha que era uma alegria para os olhos. O lençol tinha uma dobra de uns quarenta centímetros, mas mesmo assim eu conseguia esticar os pés de modo que continuassem livres e cobertos ao mesmo tempo.

Eu me senti tão leve e imaculado quanto uma pena branca. Precisei de um tempo para localizar meus braços e minhas pernas na minha consciência, para sentir a vida irradiar do meu peito até minhas extremidades.

Um quarto amplo, de pé-direito alto, com janelas abundantes e grandes, cujas venezianas fechadas deixavam passar o ar e uma claridade esverdeada e leve; um belo cômodo, em proporção, cor e uma agradável simplicidade; um aroma de jardins florescendo do lado de fora.

Mantive-me deitado, bastante satisfeito, bastante consciente, mas ainda assim sem ativamente me dar conta do que tinha acontecido, até que ouvi Terry.

– Minha nossa! – ele exclamou.

Virei a cabeça. Havia três camas no quarto, com espaço mais que suficiente para elas.

Terry estava sentado, olhando em volta, alerta como sempre. Seu comentário, ainda que não tivesse soado alto, também despertou Jeff. Todos nos sentamos.

Terry tirou as pernas da cama, levantou-se e espreguiçou-se com vigor. Usava uma camisola comprida, sem costuras aparentes, sem dúvida confortável – assim como eu e Jeff. Havia sapatos ao lado de cada cama, também bastante confortáveis e bonitos, embora de modo algum parecidos com os que calçávamos antes.

Procuramos por nossas roupas; não estavam ali, nem qualquer coisa que carregássemos em nossos bolsos.

Havia uma porta entreaberta; dava para o mais belo banheiro, copiosamente provido de toalhas, sabonete, espelhos e todos os confortos esperados, inclusive nossas escovas de dentes e de cabelo, nossos blocos de anotação e, graças a Deus, nossos relógios – mas não nossas roupas.

Voltamos a fazer uma busca no quarto e encontramos um armário grande e arejado, com muitas roupas, mas não as nossas.

– Conselho de guerra! – Terry convocou. – Vamos voltar para a cama, ela é boa pelo menos. Agora, meu amigo cientista, vamos considerar nosso caso, livres de paixões.

Ele falava comigo, mas Jeff estava muito impressionado.

– Elas não nos machucaram! – ele comentou. – Poderiam ter nos matado, ou... Ou qualquer outra coisa. Nunca me senti melhor em toda a minha vida.

– Isso sugere que realmente há apenas mulheres – eu disse. – E muito civilizadas. Você acertou uma delas enquanto se debatia, eu a ouvi gritar. E demos chutes a esmo.

Terry estava sorrindo.

– Tem ideia do que essas mulheres fizeram conosco? – ele perguntou, animado. – Tiraram todas as nossas posses e cada peça de roupa que tínhamos. Fomos despidos, lavados e postos na cama como bebês. Por essas mulheres muito civilizadas.

Jeff enrubesceu. Tinha uma imaginação poética. Terry também tinha imaginação o bastante, porém de outra natureza. Assim como eu, que tinha uma diferente da deles dois. Sempre me orgulhei de ter uma imaginação científica, a qual, por acaso, eu considerava a mais elevada. Acredito que temos o direito a certo egocentrismo se fundamentado em fatos e guardado consigo mesmo.

– Não adianta chutar, rapazes – eu disse. – Elas nos prenderam e parecem ser inofensivas. Resta-nos bolar um plano para escapar, como qualquer herói aprisionado. Enquanto isso, podemos usar aquelas roupas. Melhor que nada.

As vestimentas eram simples ao extremo e muito confortáveis, embora todos nos sentíssemos como se fôssemos atores de teatro. Havia uma peça de algodão fina e macia que ia além dos joelhos e dos ombros, como um camisolão que alguns usam para dormir, e uma espécie de calça de elástico curta só um pouco mais comprida que ele.

E havia uma variedade de ceroulas de corpo inteiro, de diferentes grossuras e de um material mais firme, que evidentemente bastariam por si sós. Também havia túnicas até os joelhos e algumas vestes longas. Não é preciso dizer que escolhemos as túnicas.

Tomamos banhos e nos vestimos com certa animação.

– Nada mal – Terry disse, olhando-se no espelho de corpo inteiro. Seu cabelo tinha crescido desde a última vez que fora ao barbeiro, e os chapéus disponíveis lembravam os dos príncipes dos contos de fada, tirando a pena.

O figurino era parecido com a roupa das mulheres, embora algumas delas, as que vimos de relance com os binóculos trabalhando no campo, usassem apenas as primeiras duas peças.

Endireitei os ombros e alonguei os braços, comentando:

– Elas chegaram a vestimentas muito sensatas, devo dizer.

Todos concordaram comigo.

– Agora – Terry proclamou –, já dormimos bem, tomamos banho, estamos vestidos e em posse de nossas faculdades mentais, ainda que não nos sintamos tão masculinos. Acham que essas mulheres muito civilizadas vão nos dar café da manhã?

– Claro que sim – Jeff assegurou confiante. – Se quisessem nos matar, já teriam feito isso. Acredito que seremos tratados como convidados.

– Aclamados como libertadores, em minha opinião – disse Terry.

– Estudados como curiosidades – comuniquei. – Mas, de qualquer maneira, queremos comida. Vamos sair daqui!

Não foi fácil sair dali.

O banheiro só dava para nosso quarto, que por sua vez só tinha mais uma porta, grande e pesada, a qual estava trancada.

Tentamos ouvir ruídos do outro lado.

– Tem alguém lá fora – Jeff disse. – Vamos bater.

Seguimos sua sugestão e a porta logo se abriu.

Ela dava para outro cômodo amplo, com uma mesa comprida no canto, bancos longos e sofás encostados na parede, além de algumas mesas menores com cadeiras. Tudo parecia sólido, firme, simples em estrutura e confortável, além de bonito.

O salão estava ocupado por mulheres, dezoito, para ser exato, algumas das quais recordávamos distintamente.

Terry soltou um suspiro decepcionado.

– As coronéis! – eu o ouvi sussurrar para Jeff.

Nosso amigo, por sua vez, se adiantou e fez sua melhor mesura; nós o imitamos e fomos saudados com educação por aquelas mulheres altas.

Não precisamos explicar através de gestos que tínhamos fome; a comida já estava posta nas mesas menores, e fomos convidados solenemente a nos sentar. As mesas estavam arrumadas para duas pessoas, de modo que cada um de nós se encontrou cara a cara com uma de nossas anfitriãs. Cada mesa tinha outras cinco mulheres por perto, observando-nos sem disfarçar. Teríamos tempo o bastante para nos cansar daquelas mulheres!

O café da manhã não era exuberante, mas suficiente em quantidade e excelente em qualidade. Como bons exploradores, não fazíamos nenhuma objeção à novidade, e o desjejum, com suas frutas exóticas e deliciosas, suas castanhas grandes e saborosas e seus bolinhos bastante satisfatórios, foi bem agradável. Para beber, havia água e uma bebida quente muito gostosa, uma mistura parecida com um achocolatado.

Então, ali mesmo, querendo ou não, antes que tivéssemos satisfeito o apetite, nossa educação começou.

Ao lado dos nossos pratos havia um livrinho, impresso e tudo, embora diferente dos nossos, tanto em termos de papel quanto de encadernação – e, claro, de tipologia. Nós os examinamos com curiosidade.

– Minha nossa! – murmurou Terry. – Vamos ter de aprender a língua!

A intenção era de fato aquela, mas também esperavam que ensinássemos a nossa. Havia cadernos pautados em branco, evidentemente preparados para a ocasião. Neles, assim que aprendíamos e escrevíamos o nome de qualquer coisa, tínhamos de escrever ao lado a palavra em nossa língua.

O livro que queriam que estudássemos era claramente escolar, do tipo que as crianças usavam para aprender a ler. Disso e da frequente consulta ao método, concluímos que elas não tinham experiência prévia com o ensino a estrangeiros ou com a aprendizagem por meio deles.

Por outro lado, o que lhes faltava de experiência sobrava de inteligência. Seu sutil entendimento, seu reconhecimento instantâneo de nossas dificuldades e sua prontidão em resolvê-las eram uma constante surpresa para nós.

É claro que estávamos dispostos a encontrá-las no meio do caminho. Só teríamos a ganhar se conseguíssemos compreendê-las e falar com elas, e por que deveríamos nos recusar a ensiná-las? Mais tarde, chegamos a tentar nos rebelar, mas apenas uma vez.

A primeira refeição foi muito agradável, com cada um de nós estudando em silêncio sua acompanhante: Jeff com sincera admiração, Terry com seu olhar altamente técnico e como o de um mestre em sua arte – um domador de leões, um encantador de serpentes ou qualquer profissional do tipo; eu com enorme interesse.

Era evidente que os grupos de cinco estavam ali para o caso de qualquer revolta de nossa parte. Não tínhamos armas e, se tentássemos causar algum mal – usando uma cadeira, por exemplo –, cinco contra um era uma vantagem insuperável, mesmo que fossem mulheres; demo-nos conta disso com certa mágoa. Não era agradável tê-las sempre por perto, mas logo nos acostumamos.

– É melhor do que sermos fisicamente contidos – Jeff filosofou quando estávamos sozinhos. – Elas nos deram um quarto do qual não podemos escapar, e uma liberdade individual altamente vigiada. É mais do que conseguiríamos em um país com homens.

– Um país com homens? Então você realmente acredita que não há homens aqui? É inocente assim? Não entende que deve haver? – Terry perguntou.

– S-sim... – Jeff concordou. – Claro, mas...

– Mas o quê? Vamos, seu sentimental incorrigível! No que está pensando?

– Pode haver uma divisão de trabalho peculiar, de um tipo sobre a qual nunca ouvimos falar – sugeri. – Os homens talvez vivam em outra cidade, ou elas podem tê-los submetido, de alguma maneira, e os mantêm encerrados. Mas tem de haver alguns.

– Essa sua última sugestão é boa, Van – Terry admitiu. – Da mesma maneira que nos submeteram e encerraram! Isso me dá calafrios.

– Bem, você pode pensar como quiser. Vimos muitas crianças no primeiro dia, e aquelas garotas...

– Garotas de verdade! – Terry concordou, de repente aliviado. – Fico contente que as tenha mencionado. Juro que, se achasse que não havia nada neste país além dessas granadeiras, pularia da janela.

– Falando em janelas – lembrei –, vamos dar uma olhada nas nossas.

Olhamos por todas as janelas. As venezianas abriam facilmente. Não havia grades, mas as perspectivas não eram muito animadoras.

Não estávamos mais na cidade de paredes cor-de-rosa em que havíamos entrado tão avidamente no dia anterior. Nosso quarto ficava bem no alto, em uma ala projetada de uma espécie de castelo construído em um esporão íngreme de rocha. Imediatamente abaixo de nós havia jardins aromáticos e frutíferos, mas as paredes altas acompanhavam a beirada do penhasco, o qual nem conseguíamos ver onde terminava. O som distante de água sugeria um rio aos seus pés.

Podíamos olhar para leste, oeste e sul. A sudeste, havia belos campos estendendo-se à luz matinal. Do outro lado e certamente atrás, erguiam-se grandes montanhas.

– Este lugar é uma fortaleza. Nenhuma mulher poderia tê-lo construído, garanto a vocês – disse Terry. Assentimos, concordando. – Estamos no alto das colinas. Devem ter nos carregado até aqui.

– Vimos algum tipo de veículo rápido no primeiro dia – Jeff lembrou. – Se têm motores, são *mesmo* civilizadas.

– Civilizadas ou não, temos de ir embora daqui. Mas precisamos de uma ideia melhor que fazer uma corda com os lençóis e tentar descer pelas paredes.

Todos concordamos nesse ponto, então voltamos a discussão para as mulheres.

Jeff continuava pensativo.

– De qualquer modo, há algo de curioso aqui – ele comentou. – Não é só que não vimos nenhum homem: não vimos nenhum sinal deles. A... a... reação dessas mulheres é diferente da de todas que já conheci.

– Você tem certa razão – concordei. – A... atmosfera é diferente.

– Elas nem parecem notar que somos homens – ele continuou. – Tratam-nos como tratariam qualquer um. É como se o fato de sermos homens fosse mero detalhe.

Assenti. Tinha notado o mesmo. Mas Terry interrompeu impaciente.

– Diabos! – ele disse. – É por causa de sua idade avançada. São todas vovós, estou dizendo. Têm de ser. Tias-avós, pelo menos. Aquelas garotas eram diferentes, não eram?

– Sim – Jeff concordou lentamente. – Mas não estavam com medo. Subiram na árvore para se esconder como crianças pegas fora dos limites, mas não por timidez. – Então acrescentou: – E corriam como maratonistas, vocês têm de admitir.

Conforme os dias passavam, Terry foi ficando cada vez mais mal-humorado. Parecia se preocupar com nosso confinamento mais do que Jeff e eu; insistia em Alima e em como tinha chegado perto de pegá-la.

– Se eu tivesse conseguido – dizia de maneira quase selvagem –, teríamos uma refém e poderíamos negociar.

Já Jeff estava em excelentes termos com sua tutora e até suas guardas, assim como eu. Interessava-me profundamente identificar e estudar – e registrar – as sutis diferenças entre aquelas mulheres e as outras. Quanto à aparência, não havia muita variedade. Todas usavam cabelo curto, com no máximo alguns centímetros de comprimento: o de algumas era enrolado; o de outras, liso. Todas sempre limpas, parecendo iluminadas e exalando frescor.

– Se usassem o cabelo um pouco mais comprido, ficariam muito mais femininas – Jeff lamentava.

De minha parte, gostava do cabelo delas, uma vez que me acostumei. Por que deveríamos admirar a coroa de cabelos feminina e não as longas tranças dos chineses é algo difícil de explicar, a não ser pelo fato de que estamos convencidos de que o cabelo comprido "pertence" à mulher – ainda que o "cabelo" do cavalo esteja presente em ambos os sexos, e em leões, búfalos e outras criaturas apenas nos machos. A princípio, contudo, também senti falta do cabelo longo.

Nosso tempo era preenchido de maneira muito agradável. Podíamos acessar livremente o jardim que víamos das janelas do quarto, bastante grande em sua forma irregular e desconexa, beirando o penhasco. As paredes eram perfeitamente altas e lisas, culminando na alvenaria da construção; conforme eu estudava as grandes pedras, convenci-me de que toda a estrutura era extremamente antiga. Era como a arquitetura anterior aos incas no Peru, com enormes monólitos, dispostos tão próximos um do outro como se formassem mosaicos.

– Esse povo tem história, com certeza – falei aos outros. – E já foram soldados em *algum* momento. Senão, para que serviria a fortaleza?

Comentei que tínhamos livre acesso ao jardim, mas não ficávamos sozinhos lá. Sempre havia uma fileira daquelas mulheres desconfortavelmente fortes por ali, sempre havia uma delas nos observando, mesmo que as outras estivessem lendo, participando de um jogo ou ocupadas em algum tipo de artesanato.

– Quando as vejo tricotar – Terry disse –, quase chego a considerá-las femininas.

– Isso não prova nada – Jeff retrucou de imediato. – Pastores escoceses tricotam. Com frequência.

– Quando formos embora – Terry se esticou para olhar os picos ao longe –, quando escaparmos daqui e chegarmos ao local onde as mulheres de verdade estão, as mães e as garotas...

– O que faremos então? – perguntei desanimado. – E como sabe que vamos conseguir fugir?

Era uma ideia desagradável, que todos consideramos enquanto retornávamos aos nossos estudos.

– Se nos comportarmos e aprendermos o que nos ensinam – sugeri –, se nos mantivermos tranquilos, respeitosos e educados e elas não tiverem medo de nós, talvez nos deixem ir embora. De qualquer modo, é de imensa importância que saibamos a língua quando escaparmos.

Pessoalmente, estava muito interessado na língua e em me aventurar nos livros que tinham, para mergulhar em sua história caso tivesse sido registrada.

A língua não era difícil de falar, soava agradável e parecia tão fácil de ler e escrever que fiquei maravilhado. Tinha um sistema absolutamente fonético, tão científico quanto o esperanto, porém com todas as marcas de uma civilização antiga e rica.

Éramos livres para estudar tanto quanto queríamos, e não nos ofereciam apenas o jardim para recreação, mas nos apresentaram também o ginásio, dividido entre o último andar e o penúltimo. Foi ali que aprendemos a de fato respeitar nossas guardas altas. Não era preciso trocar de roupa, apenas tirar as peças mais externas. As ceroulas eram perfeitas para o exercício planejado, permitindo quaisquer movimentos, e mais bonitas que aquelas com que estávamos acostumados.

– Quarenta... Mais de quarenta... Algumas, cinquenta... Aposto. E olhe só para elas! – resmungou Terry, admirando com relutância.

Não havia acrobacias espetaculares, como apenas pessoas mais jovens podem executar, mas no geral elas tinham um sistema excelente. Havia algo de musical, com postura de dança, e algumas exibições extremamente bonitas.

Jeff ficou impressionado. Ainda não tínhamos ideia de que aquilo era apenas uma pequena parte de seus métodos de treinamento físico, mas era agradável de ver e de participar.

Ah, sim, nós participávamos! Não era compulsório, mas achávamos por bem agradá-las.

Terry era o mais forte de nós, ainda que eu fosse mais resistente. Jeff corria e saltava obstáculos bem. Mas é preciso dizer que não éramos páreo para aquelas mulheres. Elas corriam como cervos, e com isso quero dizer que não parecia um esforço para elas, mas um impulso natural.

Concluímos que de fato o era quando nos lembramos das garotas que haviam fugido em nossa primeira aventura.

Também saltavam como cervos, dobrando rapidamente as pernas, viradas para um lado com um leve movimento de corpo. Lembro-me do modo que algumas encerravam a corrida, com os braços abertos como as asas de uma águia, um gesto que tentávamos imitar. Mas não as acompanhávamos com facilidade, porque eram especialistas.

– Nunca achei que viveria para receber ordens de velhas acrobatas – Terry protestou.

Elas também tinham jogos, muitos deles, que a princípio nos pareceram desinteressantes. Era como duas pessoas jogando paciência para ver quem terminaria primeiro; mais como uma corrida ou uma prova competitiva do que como um jogo com algum tipo de disputa.

Filosofei bastante a respeito e comentei com Terry que aquilo depunha contra a existência de homens naquela civilização.

– Não há um jogo masculino que seja – eu disse.

– Mas são interessantes – Jeff comentou. – Gosto deles. E tenho certeza de que são educativos.

– Estou farto de ser educado – Terry protestou. – Ir a uma escola para moças... A essa altura da vida! Quero sair daqui!

Mas não conseguíamos sair e estávamos aprendendo com facilidade. Nossas tutoras subiram rapidamente em nossa estima. Pareciam de uma qualidade mais elevada que nossas guardas, embora todas fossem simpáticas. A minha chamava Somel; a de Jeff, Zava; a de Terry, Moadine. Tentamos compreender a partir desses nomes, dos das guardas e das três primeiras garotas, mas sem sucesso.

– O som é agradável e são curtos, mas a terminação é variável, e não há dois nomes parecidos. No entanto, nossa amostra ainda é bastante limitada.

Havia muitas coisas que queríamos perguntar tão logo falássemos bem o bastante. Nunca vi ensino melhor. De manhã à noite, Somel ficava à disposição, exceto das duas às quatro; ela sempre era agradável, de uma bondade amistosa e constante que passei a apreciar muito. Jeff disse que a senhorita Zava (ele sustentava o pronome de tratamento, ainda que parecesse que elas não usavam nenhum) era adorável e o lembrava de sua tia Esther; mas Terry se recusava a ceder e chegava a escarnecer de sua acompanhante quando estávamos sozinhos.

– Estou cansado disso! – ele protestava. – Da coisa toda. Estamos presos aqui, tão impotentes quanto um bando de órfãos de três anos de idade, aprendendo o que elas acham que é necessário, quer gostemos ou não. É muita impertinência para um bando de senhoras!

De qualquer modo, aprendíamos. Elas nos levaram um mapa de seu país, lindamente produzido, aprofundando nossos conhecimentos em termos geográficos; entretanto, quando pedimos mais informações sobre a realidade exterior à fortaleza, elas só balançaram a cabeça, sorrindo.

Levaram-nos imagens, não apenas ilustrações de livros, mas estudos em cores de plantas, árvores, flores e pássaros. Mostraram-nos ferramentas e vários objetos pequenos – tínhamos bastante material em nossa escola.

Se não fosse por Terry, estaríamos muito mais satisfeitos; porém, conforme as semanas se transformaram em meses, ele foi ficando mais e mais irritado.

– Você está parecendo um urso com dor de cabeça – comentei. – Estamos indo bem. A cada dia as entendemos melhor e logo vamos conseguir pedir que nos dispensem...

– *Dispensem*! – ele gritou. – *Dispensem*! Como crianças na escola. Quero ir embora e vou fazer isso. Quero encontrar os homens deste país e lutar! Ou as garotas...

– Imagino que esteja mais interessado nas garotas – Jeff comentou. – E como você vai lutar? Com seus punhos?

– Sim, ou paus e pedras. Eu bem que gostaria! – Então Terry bateu de leve no maxilar de Jeff. – Assim. – Em seguida, disse: – Ou podemos voltar para o avião e nos mandar daqui.

– Se ainda estiver lá – sugeri, precavido.

– Ah, não comece, Van! Se não estiver lá, vamos encontrar outro jeito de descer. O barco ainda deve estar lá embaixo.

Era difícil para Terry, tão difícil que ele acabou nos persuadindo a considerar um plano de fuga. Seria complicado e altamente perigoso, mas ele declarou que iria sozinho se não o acompanhássemos, e claro que não podíamos deixar.

Aparentemente, ele havia estudado nosso entorno com cuidado. Da janela do quarto que dava para o promontório, podíamos ter uma boa ideia da parede externa e da queda. Do telhado, conseguimos ver mais longe e até, de determinado ponto, vislumbrar uma espécie de caminho mais abaixo.

– Dependemos de três coisas – Terry disse. – Cordas, agilidade e não sermos vistos.

– É a parte mais difícil – comentei, ainda esperando dissuadi-lo. – Há sempre um par de olhos em cada um de nós, exceto à noite.

– Por isso iremos à noite – ele respondeu. – Fácil.

– É preciso considerar que, se formos pegos, provavelmente não seremos mais tão bem tratados – Jeff disse.

– É um risco que devemos correr. Eu vou, mesmo que acabe quebrando o pescoço. – Não havia como fazê-lo mudar de ideia.

A questão da corda não era fácil de resolver. Algo forte o bastante para suportar um homem e comprido o bastante para permitir que chegássemos ao jardim e depois descêssemos pelas paredes. Havia inúmeras cordas resistentes no ginásio – as mulheres pareciam adorar se balançar e subir nelas –, mas nunca ficávamos lá sozinhos.

Teríamos de fazer uma com cobertas, tapetes e roupas. E precisávamos fazê-lo durante uma única noite, porque todo dia o lugar era perfeitamente arrumado por duas guardas.

Não tínhamos tesouras nem facas, mas Terry era um homem de recursos.

– As velhotas têm vidro e porcelana. Vamos quebrar o espelho do banheiro e usar os cacos. Daremos um jeito – ele sussurrou. – Quando tivermos escapado pela janela e estivermos a um pulo do jardim, cortaremos a corda para ter o máximo possível para descer pelas paredes depois. O caminho não está tão distante, e há uma árvore grande lá também, ou uma videira. Vi as folhas.

Parecia um risco alto demais; no entanto, de certa forma, era a expedição de Terry, e todos estávamos cansados do encarceramento.

Esperamos pela lua cheia, recolhemo-nos cedo e passamos uma ou duas horas ansiosas na manufatura pouco habilidosa de uma corda forte o bastante para nos aguentar.

Cobrir o espelho com um pano grosso e quebrá-lo no fundo do armário sem fazer barulho não foi difícil. Os cacos fizeram seu trabalho, ainda que não tão bem quanto uma tesoura.

O luar entrava por quatro janelas; não ousávamos deixar a luz acesa até tão tarde. Trabalhamos duro e rápido na nossa tarefa.

Tapeçarias, vestimentas, toalhas e roupas de cama – até a capa dos colchões. Não deixamos um ponto sem nó, como Jeff observou.

Então, amarramos forte nossa longa corda na dobradiça interna de uma janela de canto, onde era menos propenso que chamássemos a atenção, e a soltamos devagar.

– Essa parte é fácil. Vou descer por último, para cortar a corda – Terry disse.

Então fui primeiro e, chegando ao chão, me mantive colado à parede; Jeff subiu nos meus ombros e depois Terry nos dele, fazendo-nos chacoalhar um pouco ao cortar a corda acima da cabeça. Em seguida, ajoelhei devagar para Jeff descer e então Terry, de modo que estávamos os três seguros no jardim com a maior parte da corda conosco.

– Tchau, vovó! – Terry sussurrou, e nos esgueiramos colados na parede, aproveitando-nos da sombra de cada árvore ou arbusto. Terry tinha sido previdente o bastante para marcar o ponto exato, arranhando de leve a pedra com outra pedra, mas de modo que fosse visível à luz da lua. Para nos ancorar, havia um arbusto firme e grande perto do muro.

– Agora vou subir nos ombros de vocês e ir primeiro – Terry disse. – Vou amarrar a corda para que os dois possam subir também. Depois vou descer. Se chegar em segurança, vocês verão e poderão me seguir. Ou posso dar três puxões na corda. Se descobrir que não há chão... Bom, nesse caso, subirei de novo. Não acho que iriam nos matar.

Em cima de nós, ele observou, acenou e sussurrou "tudo certo"; depois pulou o muro. Jeff subiu e eu o segui. Trememos um pouco ao ver quão para baixo aquela figura vacilante desceu, tateando, até desaparecer na massa de folhagem lá longe.

Então vieram três puxões rápidos. Jeff e eu, não sem uma sensação alegre de liberdade, seguimos nosso líder com sucesso.

4. PERIGO À FRENTE

Vimo-nos em uma beirada estreita, irregular e bastante inclinada, e sem dúvida teríamos escorregado vergonhosamente e quebrado nossos pescoços imprudentes se não fosse pela videira. Tratava-se de uma planta de folhas grossas e largas, um pouco parecida com uma *Ampelopsis*.

– O piso não é *exatamente* vertical – disse Terry cheio de orgulho e entusiasmo. – Isso nunca aguentaria o peso de nós três em pé, mas acho que, se formos escorregando um por vez, com a ajuda dos braços e pernas, chegaremos vivos ao próximo nível.

– Como não quero voltar à corda e ficar neste lugar não é nada confortável, eu apoio – Jeff disse, solene.

Terry foi primeiro, dizendo que iria nos mostrar como um cristão encontra a própria morte. A sorte estava do nosso lado. Estávamos com ceroulas grossas e deixamos as túnicas para trás, o que tornou a descida bem-sucedida, embora minha queda no final tenha sido bem feia e eu tenha tido que usar toda a minha força para me segurar e não cair lá embaixo. O próximo nível era uma espécie de chaminé, com uma fissura comprida e irregular; em meio a arranhões e não poucos machucados doloridos, enfim chegamos ao curso de água.

Estava escuro lá, mas sentimos que era bastante necessário colocar tanta distância quanto possível atrás de nós; então atravessamos, pulamos e subimos pelo leito rochoso, à luz trêmula da lua sob a sombra das folhas, até que a luz do sol se impusesse.

Encontramos uma árvore com as nozes grandes que conhecíamos tão bem. Elas nos saciavam e sua casca era fácil de quebrar, por isso enchemos os bolsos.

Percebo agora que ainda não comentei que as roupas daquelas mulheres tinham uma quantidade surpreendente de bolsos, tanto em número quanto em variedade. Existiam em todas as peças, e as ceroulas de corpo inteiro, em particular, eram repletas deles. Então estocamos nozes até parecermos os largos soldados prussianos prontos para marchar. Bebemos quanto aguentamos e decretamos o fim do dia.

Não era um lugar muito confortável, tampouco fora fácil chegar ali, considerando se tratar de uma fenda em meio ao alto terreno íngreme, mas estava bem protegido pela folhagem e seco. Depois de três ou quatro horas exaustivas de aventuras e um bom café da manhã, deitamo-nos os três na fissura e dormimos até sentir o sol da tarde torrando nosso rosto.

Terry cutucou minha cabeça com o pé.

– Como você está, Van? Ainda vivo?

– Muito – respondi. Jeff estava igualmente animado.

Tínhamos espaço para nos espreguiçar, ainda que não para virar; com muito cuidado, conseguíamos nos mexer um de cada vez atrás do abrigo das folhas.

Não adiantava sair à luz do dia. Não podíamos ver muito do país, mas sabíamos que agora estávamos no começo da terra cultivada, e sem dúvida soariam o alarme por toda parte.

Terry riu sozinho, deitado naquela pequena fissura entre as rochas. Ele versou sobre a provável frustração de nossas guardas e tutoras, fazendo inúmeros comentários descorteses.

Eu o lembrei de que ainda tínhamos um longo caminho a percorrer antes de chegarmos ao lugar onde havíamos deixado o avião, e provavelmente não iríamos encontrá-lo lá; mas ele só me chutou de leve, resmungando.

– Se não tem nada de bom a dizer, não diga nada – protestou. – Eu nunca disse que seria fácil. Mas preferiria atravessar os campos congelados da Antártida a ser um prisioneiro.

Logo estávamos cochilando de novo.

O longo período de descanso e o calor seco e penetrante foram bons para nós, e naquela noite cobrimos uma distância considerável, sempre nos mantendo no cinturão de floresta densa que sabíamos que circundava todo o país. Às vezes nos aproximávamos do limite e de repente víamos de relance uma enorme profundeza.

– É como uma coluna de basalto – Jeff explicou. – Vai ser bastante complicado descer se tiverem confiscado nosso avião.

Ele foi castigado pelo comentário.

O que podíamos ver da terra parecia pacífico, mas eram só vislumbres ao luar; durante o dia, deitávamos bem próximos uns dos outros. Como Terry disse, não queríamos matar as velhotas – mesmo se pudéssemos. Mas elas seriam perfeitamente capazes de nos levar de volta se nos descobrissem. Não havia opção além de se esconder e tentar passar despercebidos.

Não falávamos muito. À noite, tínhamos nossa corrida de obstáculos de longa distância; não parávamos para nada, nadando quando as águas com que deparávamos eram profundas e não podiam ser contornadas; mas isso só foi necessário duas vezes. Durante o dia, dormíamos muito bem. Tínhamos a sorte de poder sobreviver com o que a terra nos fornecia. Mesmo aquela margem da floresta era rica em alimentos.

Reflexivo, Jeff salientou que aquilo só provava que devíamos ser muito cuidadosos, porque a qualquer momento poderíamos encontrar um grupo de jardineiras, agricultoras ou coletoras robustas. Então tomamos cuidado, bastante convictos de que, se não desse certo daquela vez, não teríamos outra oportunidade de escapar. Por fim, chegamos a um ponto do qual podíamos ver, bem abaixo, a longa extensão de águas paradas onde havíamos deixado o barco.

– Ótimo! – exclamou Terry, olhando para baixo. – Se não conseguirmos encontrar o avião, sabemos que precisaremos dar um jeito de descer por aqui.

A escarpa naquele ponto era particularmente pouco convidativa. Era tão reta que tivemos de encostar o queixo no pescoço para ver a base. O terreno abaixo parecia ser um mosaico pantanoso coberto por vegetação. Não precisaríamos nos arriscar por ali, no entanto. Esgueirando-nos pelas pedras e árvores, tal como selvagens, e chegamos à plataforma onde tínhamos aterrissado; ali, em um inacreditável golpe de sorte, encontramos nosso avião.

– E ainda coberto! Não sei por que vocês acharam que elas seriam tão espertas – gritou Terry.

– Elas são, a julgar pelo que vimos – avisei, cauteloso. – Aposto que está sendo vigiado.

Fizemos o reconhecimento possível à duvidosa luz da lua, cuja natureza é dolorosamente pouco confiável; mas o alvorecer nos mostrou a forma familiar envolvida pela capa pesada, mais parecendo uma tela, e nenhum sinal de vigia por perto. Decidimos fazer um avanço rápido assim que a luz fosse forte o bastante para conseguirmos trabalhar.

– Não me importo se essa velharia vai pegar ou não – Terry declarou. – Podemos levá-la até a beirada, subir a bordo e planar até lá embaixo. Olhem! Nosso barco está bem ali!

De fato, lá estava o barco motorizado, parecendo um casulo cinza sobre a folha pálida de água.

Em silêncio, mas depressa, corremos para tentar tirar a capa.

– Malditas sejam! – Terry gritou, desesperado. – Elas a costuraram aí! E não temos faca!

Então, enquanto cutucávamos e puxávamos o tecido grosso, ouvimos um ruído que fez Terry levantar a cabeça como um cavalo de guerra. Era o som inconfundível de uma risadinha – de três, na verdade.

E lá estavam elas – Celis, Alima e Ellador –, parecendo idênticas à primeira vez que as vimos, a certa distância de nós, com o mesmo interesse e a expressão de travessura de três garotinhos.

– Espere, Terry! – avisei. – É fácil demais. Deve ser uma armadilha.

– Vamos apelar ao coração bondoso delas – Jeff sugeriu. – Acho que podem nos ajudar. Talvez tenham uma faca.

– De qualquer modo, não podemos assustá-las – eu disse, segurando Terry. – Sabemos que são mais rápidas e melhores para subir em árvores que nós.

Ele admitiu aquilo, relutante; depois de uma breve discussão, avançamos devagar na direção delas, com as mãos abertas em uma demonstração de amizade.

As três se mantiveram no lugar até chegarmos bem perto, então indicaram que parássemos. Para nos certificar disso, demos mais um ou dois passos, ao que elas fizeram menção imediata de ir embora. Assim, ficamos parados na distância especificada. Usamos a língua delas, até onde éramos capazes, para explicar nosso pedido, dizendo que havíamos sido presos e tínhamos escapado – usando muita mímica e aproveitando o vívido interesse da parte delas. Narramos que tínhamos viajado à noite e nos escondido de dia, sobrevivendo de nozes. Então Terry fingiu que estava morrendo de fome.

Eu sabia que não podia ser verdade; tínhamos encontrado o bastante para comer e não estávamos economizando. De alguma maneira, porém, aquilo as impressionou; depois de uma breve consulta, tiraram alguns pacotinhos dos bolsos e, com uma impressionante facilidade e precisão, os jogaram em nossas mãos.

Jeff ficou muito agradecido; Terry fez gestos extravagantes de admiração, que pareceram animá-las a demonstrar suas habilidades, como se fossem garotos. Enquanto comíamos as excelentes bolachinhas que nos deram, Ellador manteve os olhos atentos aos nossos movimentos, Celis se afastou um pouco para equilibrar uma grande noz amarelada sobre um tripé de galhos soltos e Alima recolheu pedras.

Elas quiseram que jogássemos as pedras no alvo, o que fizemos, mas estava longe. Só depois de alguns fracassos, dos quais as travessas donzelas riram com prazer, Jeff conseguiu derrubar a estrutura. Demorei um pouco mais, e Terry, para sua irritação, ficou por último.

Então Celis voltou a montar o tripé e olhou para nós, derrubando-o, apontando e balançando seus cachos curtos com severidade.

– Não – ela disse. – Mau. Errado!

Não foi difícil compreender o que dizia.

Ela o montou mais uma vez, colocou a noz no topo e voltou para as outras; as três exasperantes garotas se sentaram e se revezaram jogando pedras no alvo, enquanto uma ficava ao lado para remontá-lo; em duas de três tentativas, elas derrubaram apenas a noz, sem levar os galhos juntos. Elas ficaram felizes, e nós fingimos o mesmo.

O jogo nos aproximou, mas eu disse a Terry que iríamos nos arrepender se não escapássemos enquanto pudéssemos, então imploramos por uma faca. Foi fácil mostrar o que queríamos fazer, e cada uma delas tirou uma espécie de canivete do bolso.

– Sim – dissemos animados. – É isso! Por favor... – Já tínhamos aprendido um pouco de sua língua, claro. Continuamos implorando pelas facas, mas elas não cederam. Se déssemos um passo à frente, elas recuavam, prontas para fugir.

– Não adianta – falei. – Vamos. Podemos procurar uma pedra afiada ou coisa do tipo. Precisamos tirar a capa.

Vasculhamos o lugar e separamos todos os fragmentos pontiagudos que encontramos. Tentamos, mas era como cortar a vela de um barco com uma concha.

Terry insistiu, então sussurrou para nós:

– Rapazes, as condições são boas. Vamos arriscar e atacar essas garotas. Não temos escolha.

Elas tinham se aproximado para observar nossos esforços, e de fato as pegamos de surpresa. Como Terry disse, nosso treinamento recente tinha nos deixado mais fortes e rápidos; e, por alguns momentos desesperados, as meninas pareceram assustadas e nós, triunfantes.

Mas, assim que esticamos as mãos, a distância entre nós se alargou; elas se recuperaram e, ainda que tenhamos corrido em velocidade máxima e até muito mais longe do que eu julgaria sábio, em nenhum momento elas estiveram em nosso alcance.

Paramos, sem fôlego, diante de minhas súplicas insistentes.

– Isso é tolice – eu disse. – Elas estão fazendo de propósito. Vamos nos arrepender se não voltarmos.

Então voltamos, muito mais devagar, e de fato nos arrependemos.

Quando chegamos ao avião e tentamos mais uma vez tirar a cobertura, os rostos determinados que conhecíamos tão bem surgiram em suas formas robustas.

– Ah, meu Deus! – Terry grunhiu. – As coronéis! Não temos saída. São quarenta para um.

Não adiantava lutar. Aquelas mulheres evidentemente confiavam nos números, não tanto como uma força perfuradora, mas como uma multidão atuando sob o mesmo impulso. Elas não mostravam nenhum sinal de medo. Como não tínhamos armas e havia pelo menos cem delas, localizadas acima de nós, entregamo-nos com toda a graciosidade que conseguimos reunir.

É claro que esperávamos uma punição – um encarceramento mais rigoroso, o confinamento na solitária, talvez –, mas nada daquilo aconteceu. Elas nos trataram como alunos desobedientes e como se entendessem o motivo de nossa desobediência.

Assim, voltamos, não anestesiados desta vez, mas em veículos motorizados que lembravam os nossos a ponto de sabermos o que eram. Cada um de nós ia em um, com uma mulher corpulenta de cada lado e três à frente.

Foram todas bastante agradáveis e falaram conosco o que foi possível, considerando nossas capacidades limitadas. Embora Terry estivesse intensamente aflito, e a princípio todos temêssemos um tratamento mais duro, logo comecei a sentir uma prazerosa confiança e a desfrutar da viagem.

Ali estavam cinco pessoas que me eram familiares, todas de natureza tão boa quanto era possível, parecendo não nutrir nenhum sentimento pior que um leve triunfo, como se tivessem vencido um jogo qualquer; e até mesmo isso reprimiam com educação.

Era também uma boa oportunidade de conhecer o país. Quanto mais via, mais gostava dele. Íamos rápido demais para observar atentamente, mas apreciei as estradas perfeitas, tão limpas quanto um chão varrido; a sombra das fileiras infinitas de árvores; as flores que se abriam nelas; e o país confortável e rico que se estendia para todos os lados, cheio de charmes variados.

Passamos por muitos vilarejos e cidades, e logo vi que a beleza ordenada da primeira cidade que conhecemos não era exceção. A visão rápida do alto que tivéramos do avião tinha sido muito atraente, mas pobre em detalhes; naquele primeiro dia de luta e captura, notamos pouca coisa. Agora andávamos a uma velocidade de cerca de cinquenta quilômetros por hora e cobríamos uma boa parte do país.

Paramos para almoçar em uma cidade de bom tamanho. Ali, passando devagar pelas árvores, vimos mais do povo. As pessoas saíam para nos olhar por onde quer que passássemos, mas agora estavam em maior quantidade; quando fomos comer, em um grande jardim com mesinhas à sombra, entre as árvores e as flores, havia muitos olhos sobre nós. Em todo lugar, fosse nos campos abertos, nos vilarejos ou nas cidades, havia apenas mulheres. Velhas e jovens, e uma grande maioria que não parecia nem uma coisa nem outra, só mulheres; garotas também, embora elas, assim como as meninas, parecessem menos evidentes, andando sempre em grupo. Tivemos inúmeros relances de garotas e meninas no que pareciam ser escolas ou parquinhos, e até onde podíamos avaliar não havia garotos. Procuramos com cuidado. Todas nos olhavam com educação, gentileza e um interesse honesto. Ninguém era impertinente. Conseguíamos entender boa parte da conversa agora, e elas pareciam agradáveis o bastante.

Bem, pouco antes do cair da noite, estávamos todos seguros de volta em nosso amplo quarto. Não havia mais nada dos danos que havíamos infligido: as camas estavam tão macias e confortáveis como antes e havia roupas e toalhas novas nos esperando. A única coisa que as mulheres passaram a fazer de diferente foi iluminar o jardim à noite e colocar guardas ali. Ficamos a par de tudo no dia seguinte. Nossas três tutoras, que não haviam participado da expedição de captura, tinham se ocupado de se preparar para nós e nos concederam uma explicação.

Sabiam bem que tentaríamos chegar ao avião e que não havia outra maneira de descer – pelo menos não vivos. Então nossa fuga não havia perturbado ninguém; tudo o que fizeram foi pedir ao povo que ficasse de olho em nossos movimentos pela margem da floresta entre aqueles dois pontos. Aparentemente, tínhamos sido vistos em muitas daquelas noites, por mulheres atentas que se sentavam confortavelmente em árvores altas perto do leito do rio ou em meio às pedras.

Terry ficou horrorizado, mas aquilo me pareceu extremamente engraçado. Tínhamos arriscado nossa vida, escondendo-nos e esgueirando-nos como foras da lei, sobrevivendo de nozes e frutas, molhados e passando frio à noite, secos e com calor durante o dia, e todo aquele tempo as estimáveis mulheres só estavam esperando que aparecêssemos.

Elas começaram a se explicar, usando palavras que conseguíamos entender. Parecia que éramos considerados convidados em seu país e estávamos em uma espécie de custódia pública. Nossa violência inicial as tinha obrigado a nos manter fechados por um tempo, mas, assim que aprendêssemos a língua e concordássemos em não causar nenhum mal, elas pretendiam nos mostrar sua terra.

Jeff ficou muito feliz em lhes prometer aquilo. É claro que não o contou a Terry, mas deixou claro que estava envergonhado do que fizera e dissera que a partir de então agiria de acordo. Quanto à língua, passamos a nos dedicar com energia redobrada. Elas nos deram livros, em grande volume, e comecei a estudar com mais seriedade.

– Literatura pesada – Terry soltou um dia, quando estávamos na privacidade do quarto. – É esperado começar com histórias infantis, mas agora gostaria de alguma coisa mais interessante.

– Não se pode esperar romances arrebatadores e aventuras perigosas sem homens, não acha? – comentei. Nada irritava mais Terry do que quando assumíamos que não existiam homens ali; mas não havia sinal deles nos livros que nos davam, nem mesmo nas ilustrações.

– Cale a boca – ele grunhiu. – Está dizendo bobagens! Vou perguntar diretamente. Já sabemos o bastante agora.

Era verdade que estávamos nos esforçando ao máximo para dominar a língua, e éramos capazes de ler fluentemente e discutir o que líamos com considerável facilidade.

Naquela tarde, estávamos todos sentados juntos no telhado (nós três e as tutoras), em volta de uma mesa, sem a presença de guardas. Tinham deixado claro que, se não houvesse violência de nossa parte, tampouco haveria necessidade de vigilância constante, e prometemos nos comportar.

Portanto lá estávamos, tranquilos; todos em vestimentas similares; nossos cabelos, àquela altura, estavam do comprimento dos delas, e apenas a barba nos distinguia. Não queríamos manter a barba, mas até então não tínhamos sido bem-sucedidos em convencê-las a nos confiar instrumentos cortantes.

– Senhoras – Terry começou, sob o céu claro –, não há homens neste país?

– Homens? – Somel repetiu. – Como vocês?

– Isso, homens. – Terry indicou a barba e abriu os ombros largos. – Homens de verdade.

– Não – ela respondeu baixinho. – Não há homens neste país. Não houve um homem entre nós nos últimos dois mil anos.

O olhar dela era claro e sincero, e ela não fizera aquela afirmação como se fosse impactante, e sim como se relatasse um fato.

– Mas as pessoas... as crianças... – ele protestou, sem acreditar nela, porém tampouco com coragem de dizer aquilo.

– Ah, sim. – Ela sorriu. – Entendo por que está intrigado. Somos mães, todas nós, mas não há pais. Pensamos que fariam essa pergunta assim que possível. Por que demoraram? – Seu olhar era franco e bondoso como sempre, e seu tom se manteve direto.

Terry explicou que não nos sentíramos confiantes em usar a linguagem, o que só confundiu ainda mais as coisas. Jeff foi mais franco.

– Temos de admitir que achamos difícil acreditar nisso, se me permite a ousadia – ele disse. – Não há tal... possibilidade em nenhum outro lugar do mundo.

– Em nenhuma forma de vida? – Zava perguntou.

– Bem, sim, em formas mais simples, claro.

– Quão simples? Ou, melhor dizendo, quão complexas?

– Bem, isso ocorre em alguns tipos de insetos bem desenvolvidos. Chamamos de partenogênese. Quer dizer "nascimento virgem".

– Sabemos o que é "nascimento", claro, mas o que é "virgem"?

Terry pareceu desconfortável, mas Jeff respondeu com bastante tranquilidade:

– Entre os animais, o termo "virgem" é aplicado à fêmea que não copulou.

– Ah, compreendo. Isso se aplica ao macho também? Ou há outro termo para ele?

Ele dispensou a pergunta apressado, dizendo que o mesmo termo se aplicava, mas raramente era usado.

– Sério? – ela disse. – Mas um não pode copular sem o outro, é claro. Então não seriam ambos "virgens" antes de copular? E me diga: há alguma forma de vida que nasça apenas do pai?

– Não conheço nenhuma – ele respondeu.

Então eu perguntei sério:

– Você espera que acreditemos que por dois mil anos só houve mulheres aqui, e só meninas nasceram?

– Exatamente – respondeu Somel, assentindo com seriedade. – É claro que sabemos que entre os outros animais não é assim, há pais e mães; e entendemos que vocês são pais e que vêm de um povo que tem os dois tipos. Estávamos esperando até que fossem capazes de se comunicar livremente conosco para que nos ensinassem sobre seu país e o resto do mundo. Vocês conhecem tanto... Já nós conhecemos apenas esta terra.

No decorrer de nossos estudos anteriores, havíamos tido dificuldade em expressar como o mundo lá fora era grande, fazendo rascunhos, mapas, até globos terrestres a partir de frutas esféricas. Mostrávamos as relações e os tamanhos dos países, o número de habitantes. Aquilo tudo era escasso e não passava de um esboço, mas elas o compreendiam.

Consegui, ainda que mal, esconder a impressão que tive daquelas mulheres. Longe de serem ignorantes, eram profundamente sábias – e nos dávamos conta daquilo cada vez mais; por razões óbvias, por sua capacidade cerebral e seu poder, elas eram líderes, mas havia também muitas coisas que não sabiam.

Tinham um temperamento controlado, eram completamente pacientes e de boa natureza – uma das coisas mais impressionantes era sua falta de irritabilidade. Até então, só havíamos tido contato com aquele grupo para estudar, mas depois descobri que se tratava de um traço comum.

Gradualmente, passamos a sentir que estávamos nas mãos de amigas, e ainda por cima muito capazes, mas não podíamos formar uma opinião do nível geral delas.

– Queremos que nos ensinem tudo o que puderem – Somel continuou, suas mãos firmemente delineadas apoiadas na mesa à sua frente, seus olhos límpidos encontrando os nossos com franqueza. – E queremos ensinar todas as novidades úteis que temos aqui. Podem imaginar que é um acontecimento maravilhoso ter homens entre nós depois de dois mil anos. E queremos saber mais sobre suas mulheres.

O que ela disse sobre nossa importância satisfez Terry. Eu podia ver pela maneira como levantava a cabeça que aquilo lhe agradara. Mas, quando citou nossas mulheres, tive uma sensação estranha e indescritível, como nenhuma outra que eu houvesse tido quando "mulheres" foram mencionadas antes.

– Vão nos contar como isso aconteceu? – Jeff insistiu. – Vocês falam em dois mil anos... Mas havia homens aqui antes disso?

– Sim – Zava respondeu.

Elas ficaram em silêncio por um instante.

– Vocês deveriam ler toda a nossa história, mas não se alarmem: temos um volume reduzido e bastante claro. Levamos um tempo para aprender a escrever sobre nosso passado. Ah, e vamos adorar ler sobre a história de vocês!

Ela virou com olhos sedentos e brilhantes, revezando o olhar entre nós três.

– Seria maravilhoso, não? Comparar a história de dois mil anos, localizar as diferenças... Entre nós, que somos apenas mães, e vocês, que são mães e pais. É claro que vemos nos pássaros que o pai é quase tão útil quanto a mãe. Mas em outras espécies, como entre insetos, sua importância parece mais reduzida, às vezes quase inexistente. É assim com vocês?

– Ah, sim, pássaros e insetos – Terry disse –, mas não entre animais domesticados. Vocês não os têm?

– Temos gatos – ela disse. – Os pais não são muito úteis no caso deles.

– Vocês não têm gado, ovelhas, cavalos? – Desenhei rapidamente esses animais e mostrei para elas.

– Tínhamos estes no passado – disse Somel, desenhando com traços seguros e rápidos uma espécie de ovelha ou lhama, e emendou: – E estes aqui. – Eram cachorros, de dois ou três tipos. – E esses – ela concluiu, apontando para meu cavalo horroroso, mas ainda reconhecível.

– E o que aconteceu com eles? – Jeff perguntou.

– Não os quisemos mais. Ocupam muito espaço, e precisamos da terra para alimentar o povo. É um país muito pequeno.

– E como se viram sem leite? – Terry perguntou incrédulo.

– Leite? Temos em abundância. O nosso.

– Mas... mas... quis dizer para cozinhar... para adultos... – Terry se enrolou, enquanto elas olhavam espantadas e levemente incomodadas.

Jeff teve de salvá-lo.

– Tomamos o leite e comemos a carne do gado – ele explicou. – O leite de vaca é um elemento básico da nossa dieta. Há toda uma indústria do leite, para tirá-lo e distribuí-lo.

Elas ainda pareciam intrigadas. Apontei para meu desenho de vaca.

– O fazendeiro ordenha a vaca – eu disse, desenhando um balde de leite e um banquinho, fazendo mímica em seguida. – Então o leite é levado para a cidade e distribuído pelos leiteiros. Todo mundo tem uma garrafa na porta de casa pela manhã.

– A vaca não tem filhotes? – Somel perguntou, sem ironia.

– Sim, é claro. Chamamos de bezerro.

– Há leite para o bezerro e para vocês?

Levamos algum tempo para explicar àquelas três mulheres de rosto doce o processo que privava a vaca do bezerro, e o bezerro de seu alimento natural. A conversa conduziu-nos a uma discussão maior sobre o negócio da carne. Elas ouviram tudo, parecendo pálidas, depois pediram para se retirar.

5. UMA HISTÓRIA ÚNICA

Não adianta tentar encher este relato de aventuras. Se as pessoas que o lerem não estiverem interessadas nessas mulheres impressionantes e em sua história, não estarão interessadas em nada.

Quanto a nós – três jovens em uma terra povoada por mulheres –, o que podíamos fazer? Havíamos escapado, como descrito, e depois tínhamos sido levados de volta sem nem ao menos a satisfação de socar alguém, como Terry apontou.

Não houve aventuras porque não havia pelo que lutar. Não existiam feras selvagens no país, apenas umas poucas domadas. Neste ponto, posso parar para descrever o único animal de estimação comum no país: gatos, é claro. Mas que gatos!

O que você imagina que essas senhoras faziam com seus gatos? Pelo mais prolongado e cuidadoso processo de seleção e exclusão, elas desenvolveram uma raça de gatos que não miava! É um fato. O máximo que aqueles pobres inocentes podiam fazer era produzir uma espécie de guincho quando estavam com fome ou queriam entrar. Eles também ronronavam, é claro, e faziam variados sons maternais para os filhotes.

Mais ainda: esses gatos não matavam pássaros. Eram rigorosamente criados para matar ratos, toupeiras e outros inimigos da plantação; mas os pássaros eram numerosos e estavam seguros.

Enquanto discutíamos sobre os pássaros, Terry perguntou se usavam suas penas para fazer chapéus, e elas pareceram intrigadas com a ideia. Ele fez alguns desenhos de chapéus femininos, com plumas, penas e muitas outras coisas que fazem cócegas e se vê de longe; elas ficaram muito interessadas, como em tudo o que se referia a nossas mulheres.

Elas mesmas disseram só usar chapéu para se proteger do sol durante o trabalho; eram chapéus grandes de palha, como os usados na China e no Japão. No frio, usavam capas e capuzes.

– Mas não acham que poderiam servir para fins decorativos? – insistiu Terry, fazendo o melhor desenho que podia de uma mulher com um chapéu com pluma.

Elas discordaram, perguntando se os homens usavam o mesmo tipo de chapéu. Apressamo-nos a garantir que não, desenhando em seguida o tipo de chapéu que usávamos.

– Os homens não usam penas no chapéu?

– Só os índios – Jeff explicou. – Selvagens. – Então rascunhou um cocar para elas.

– E soldados – acrescentei, desenhando um chapéu militar com plumas.

Elas nunca expressavam horror ou reprovação, nem mesmo surpresa, na verdade. Só um interesse genuíno. E como faziam anotações! Sem parar!

Mas, retornando aos gatos: ficamos muito impressionados com os métodos de criação. Quando nos perguntaram a respeito – e posso dizer que estávamos bem abastecidos de informações –, contamos o que havia sido feito com os cachorros, os cavalos e o gado, mas que não houvera nenhum esforço parecido com relação aos gatos, a não ser para fins de exibições.

Queria poder descrever a maneira bondosa, tranquila, constante e brilhante como nos interrogavam. Não era apenas curiosidade – não tinham mais curiosidade quanto a nós do que tínhamos em relação a elas, se tanto. Mas estavam decididas a entender nosso tipo de civilização, e suas linhas de interrogatório iam nos cercando e conduzindo até que não tínhamos opção a não ser admitir algumas coisas para as quais não estávamos preparados.

– Essas raças de cachorros que vocês criaram são úteis? – elas perguntaram.

– Úteis? Bem, os cães de caça, de vigia e de pastoreio são úteis. E os que puxam trenós, claro. Além dos que caçam ratos. Mas não temos cachorros porque são úteis. Dizemos que são os melhores amigos do homem. Nós os amamos.

Aquilo elas compreenderam.

– Amamos os gatos também. São certamente nossos amigos, além de ajudantes. Dá para notar como são inteligentes e amorosos.

Era fato. Só tinha visto gatos daquele tipo em raras ocasiões. Animais grandiosos, bonitos e sedosos, amistosos e especialmente devotados às donas.

– Deve partir o coração de vocês afogar os filhotes – sugerimos.

– Não! – elas disseram. – Temos tanto apreço por eles quanto vocês têm por seu precioso gado. São poucos os pais comparados às mães, só alguns poucos de boa qualidade em cada cidade; eles vivem felizes em jardins murados e casas de amigos. Mas só podem procriar uma vez por ano.

– Deve ser difícil para eles – sugeriu Terry.

– De modo algum! Faz muitos séculos que estamos criando as raças de gatos que queremos. Os animais são saudáveis, felizes e amistosos, como você vê. Como fazem com seus cachorros? Vocês os mantêm em pares, separam os pais ou o quê?

Então explicamos que... Bem, que não era uma questão de pais; que ninguém queria as mães. Que praticamente todos os nossos cães eram machos – uma parcela pequena de fêmeas era mantida viva.

Então Zava, observando Terry com seu sorriso doce e sério, repetiu o comentário dele:

– Deve ser difícil para eles, não? Ou gostam de viver sem parceiras? Seus cachorros são tão saudáveis e de bom temperamento como nossos gatos?

Jeff riu, voltando um olhar travesso para Terry. Na verdade, já o estávamos vendo como uma espécie de traidor, tamanha era a frequência com que ficava do lado delas; seu conhecimento médico também lhe dava uma perspectiva diferente das coisas.

– Receio ter de admitir que o cachorro é o animal que mais sofre de doenças, além do homem – admiti. – Quanto ao temperamento, alguns deles mordem. Especialmente crianças.

Isso era malícia pura. Crianças eram a *raison d'être* daquele país. Todas as nossas interlocutoras se endireitaram de imediato. Mantiveram-se gentis e contidas, mas havia um tom de profunda surpresa em sua voz.

– Quer dizer que vocês mantêm animais, ou melhor, machos sem parceiras, que mordem crianças? Quantos deles existem, por favor?

– Milhares, em uma cidade grande – disse Jeff. – Quase toda família tem um no campo.

Terry não conseguiu se segurar.

– Vocês devem estar imaginando que são todos perigosos. Não, é um em cem que morde alguém. Eles são os melhores amigos das crianças. Um garoto sempre tem um cachorro com quem brincar!

– E as garotas? – perguntou Somel.

– Ah, as garotas... Bem, elas também gostam deles – ele respondeu, mas sua voz saiu sem emoção. Depois, descobrimos que elas sempre notavam aquele tipo de coisa.

Pouco a pouco, depreenderam de nós que o melhor amigo do homem era um prisioneiro na cidade; que só saía para se exercitar de coleira; era suscetível não apenas a muitas doenças, mas ao horror da raiva; e, em muitos casos, para a segurança dos cidadãos, tinham de ser sacrificados. Jeff maliciosamente acrescentou detalhes vívidos que conhecia ou lera de ferimentos e mortes em consequência de cachorros loucos.

Elas não deram bronca nem fizeram estardalhaço por aquilo. Aquelas mulheres eram calmas como juízes. Mas tomaram notas, e Moadine leu-as para nós.

– Por favor, digam se os fatos estão corretos – ela disse. – Isso acontece no país de vocês e em outros?

– Sim – admitimos. – Na maior parte dos países civilizados.

– Na maior parte dos países civilizados são mantidos animais que não têm mais utilidade...

– Eles servem para proteção – Terry insistiu. – Latem quando ladrões tentam entrar.

Ela fez uma anotação e seguiu em frente:

– Tudo isso por causa do amor que as pessoas têm por esses animais.

Zava interrompeu:

– São os homens ou as mulheres que os amam tanto?

– Ambos! – Terry insistiu.

– Igualmente? – ela perguntou.

Então Jeff respondeu:

– Deixe disso, Terry. Você sabe que homens gostam mais de cachorros que as mulheres, de modo geral.

– Por serem muito amados, especialmente pelos homens, os cachorros são mantidos em silêncio ou presos.

– Por quê? – Somel perguntou de repente. – Mantemos nossos gatos presos porque não queremos que a procriação saia de controle; mas eles não ficam em coleiras. Têm campos enormes onde correr.

– Um cachorro valioso seria roubado se ficasse solto – expliquei. – Botamos coleiras neles com o nome do dono, caso se percam. Além disso, eles se metem em brigas. Um cachorro valioso poderia facilmente ser morto por outro maior.

– Entendo – ela disse. – Eles brigam quando se encontram. Isso é comum?

Admitimos que era.

– Então eles são mantidos presos ou na coleira. – Ela fez uma pausa, depois perguntou: – Cachorros não gostam de correr? Não têm velocidade?

Tivemos de admitir o contrário, e Jeff, malicioso, contou ainda mais.

– Sempre achei que era uma visão patética, em todos os sentidos, um homem ou uma mulher levar um cachorro para passear segurando na ponta de uma corda.

– Já tentaram criá-los de modo que tenham hábitos tão positivos quanto os gatos? – Foi a questão que se seguiu. Quando Jeff contou sobre os cocôs dos cachorros nas calçadas e nas ruas em geral, elas acharam difícil de acreditar.

O país delas era limpo como uma cozinha intocada, e em termos de saneamento... bem, posso começar a descrever tanto quanto posso me lembrar da história desse impressionante lugar antes de me estender na descrição.

E vou resumir aqui as oportunidades em que pudemos aprendê-la. Não vou tentar repetir o registro cuidadoso e detalhado que perdi; só vou dizer que fomos mantidos naquela fortaleza por bons seis meses e, depois disso, mais três em uma cidade muito agradável onde, para desgosto de Terry, só havia "coronéis" e crianças, nenhuma mulher jovem. Então ficamos sob vigilância por mais três meses, sempre com uma tutora, guarda ou ambas. Mas esse período foi ótimo, porque conseguimos nos aproximar delas. Que narrativa! Vou tentar lhe fazer justiça.

Aprendemos a língua de forma detalhada – tínhamos de fazê-lo. Elas aprenderam a nossa mais rápido e a usaram para acelerar nossos próprios estudos.

Jeff, que sempre estava lendo alguma coisa, carregava dois livros com ele, um romance e uma antologia poética; eu tinha uma daquelas enciclopédias de bolso: grossa e repleta de fatos. As obras eram usadas na nossa educação e na delas. Assim que estávamos capacitados, elas nos forneceram seus próprios livros, e eu me dediquei à parte histórica, querendo compreender a gênese daquele milagre.

De acordo com os registros, eis o que aconteceu.

Em termos de geografia, no nascer da cristandade, aquela terra tinha livre acesso ao mar. Não vou dizer onde se localiza, por boas razões. Mas havia uma passagem relativamente simples pela parede de montanhas atrás de nós, e não tenho dúvida de que aquelas pessoas eram de raça ariana, tendo mantido contato com o melhor da civilização do mundo antigo. Eram "brancas", ainda que mais escuras que os povos do Norte, por causa da exposição constante ao sol e ao ar livre.

O país era muito maior então, com bastante terra além da passagem e uma faixa costeira. Tinha barcos, comércio, exército e um rei – porque, naquela época, elas faziam parte daquilo que calmamente nos chamavam: uma raça bissexual.

O que aconteceu a princípio foi apenas uma sucessão de infortúnios históricos, como os que atingem outras nações com demasiada frequência. A população foi dizimada pela guerra, sendo afastada da costa até que, reduzida, com tantos homens mortos na batalha, ocupou o terreno elevado, entre as passagens das montanhas, e o defendeu por anos. Onde havia abertura para um potencial ataque vindo de baixo, fortaleceram as defesas naturais de modo que fosse impossível escalar, como tínhamos visto.

Tratava-se de um povo polígamo e escravocrata, como todos de seu tempo; durante a geração ou as gerações de luta para defender a montanha em que passaram a morar, construíram uma fortaleza, como aquela em que ficamos presos, e outros de seus prédios mais antigos, alguns ainda em uso. Nada além de terremotos podia destruir tal arquitetura – com gigantescos blocos sólidos suportando seu próprio peso. Deviam ter trabalhadores eficientes em grande quantidade naquela época.

O povo lutou bravamente pela sobrevivência, mas nenhuma nação pode evitar o que as companhias de navios a vapor chamam de "um ato de Deus". Enquanto toda a força armada estava fazendo seu melhor para defender o caminho para a montanha, houve uma erupção vulcânica e alguns tremores localizados. O resultado foi o fechamento completo da passagem – a única que havia. No lugar dela, uma nova crista, extremamente íngrime e alta, se colocou entre o povo e o mar; ficaram todos murados, e debaixo do muro estava seu exército inteiro. Sobraram pouquíssimos homens além de escravos, que aproveitaram a oportunidade para organizar uma revolta, matando seus antigos mestres até o mais jovem garoto, além das mulheres mais velhas e das mães, com a intenção de assumir o controle do país com as jovens e garotas.

Porém tal sucessão de infortúnios pareceu demais para aquelas virgens furiosas. Havia muitas delas, e poucos dos novos supostos mestres, de modo que, em vez de se submeter a eles, elas se levantaram em um ato de desespero e mataram seus brutais conquistadores.

Parece muito com a história de Tito Andrônico, eu sei, mas esse era o relato dos livros. Imagino que tivessem perdido a cabeça – e alguém poderia culpá-las?

Não havia literalmente ninguém mais naquele belo jardim elevado além de um bando de garotas histéricas e algumas escravas mais velhas.

Isso cerca de dois mil anos atrás.

A princípio, houve um período de puro desespero. As montanhas se erguiam entre elas e seus antigos inimigos, mas também entre elas e uma saída. Não havia como subir ou descer: elas tinham de ficar ali. Algumas defendiam o suicídio, mas não a maioria. Devia ser um grupo corajoso, no geral, porque elas decidiram viver – pelo tempo que tivessem. É claro que tinham esperança, como a juventude deve ter, mas algo precisava acontecer para mudar seu destino.

Elas começaram a trabalhar, a enterrar os mortos, a arar e semear, a cuidar umas das outras.

Já que falei em sepultamento, quero aproveitar para contar que adotaram a cremação por volta do século XIII, pela mesma razão que desistiram de criar gado: falta de espaço. Elas ficaram muito surpresas ao saber que ainda enterrávamos nossos mortos, e perguntaram nossas razões para tanto, ficando muito insatisfeitas com nossa resposta. Contamos sobre a crença na ressurreição do corpo, e elas perguntaram se nosso Deus não tivera o poder de renascer das cinzas em meio a tanta degradação. Contamos que as pessoas achavam repugnante que queimassem seus entes queridos, e elas perguntaram se isso não era menos repugnante que esperar que se degradassem. Eram inconvenientemente racionais aquelas mulheres.

Bem, aquele grupo inicial de jovens se dedicou a limpar o lugar e viver o melhor que podia. Algumas das escravas remanescentes foram de inestimada utilidade, ensinando as atividades que conheciam. As mulheres mantiveram os registros, as ferramentas e os implementos da época, tendo uma terra bastante fértil com que trabalhar.

Algumas matronas mais novas tinham escapado do assassinato, e alguns bebês nasceram após o cataclismo – mas apenas dois meninos, que logo morreram.

Por cinco ou dez anos elas trabalharam juntas, tornando-se mais fortes e sábias, e cada vez mais apegadas umas às outras. Foi então que o milagre aconteceu: uma dessas mulheres ficou grávida. É claro que todas acharam que devia haver um homem em algum lugar, mas nenhum foi encontrado. Assim, elas decidiram que devia ser um presente dos deuses, e colocaram a orgulhosa mãe no Templo de Maaia, sua deusa da maternidade, sob extrema vigilância. Conforme os anos passaram, aquela mulher teve filha após filha, cinco no total, todas meninas.

Fiz meu melhor, interessado como sempre fui em sociologia e psicologia social, para reconstruir mentalmente a posição real das mulheres daquela época. Havia quinhentas ou seiscentas delas, vivendo como se lá fosse um harém; no entanto, as gerações que se seguiram devem ter sido criadas em um ambiente de luta tão heroica que elas devem ter endurecido de alguma forma. Deixadas sozinhas na orfandade, elas se uniram, apoiando uma à outra como se fossem irmãs, desenvolvendo poderes até então desconhecidos diante da necessidade. Para aquele grupo trabalhador e forte, que não apenas tinha perdido o amor e o cuidado dos pais mas toda a esperança de ter seus próprios filhos, agora parecia haver uma nova esperança.

Estava ali finalmente a maternidade, e, embora não fosse uma experiência que pudesse ser desfrutada por todas, poderia criar uma nova raça, caso esse poder fosse herdado.

Pode-se imaginar como aquelas cinco Filhas de Maaia, Crianças do Templo, Mães do Futuro – e todos os títulos que só o amor, a esperança e a reverência podem dar –, foram criadas. A pequena nação de mulheres as cercava com devoção amorosa e esperava, entre a expectativa sem limites e o desespero igualmente sem limites, para ver se elas também se tornariam mães.

E se tornaram! Assim que completavam vinte e cinco anos, elas engravidavam. Cada uma, como a mãe, tinha cinco filhas. De modo que havia vinte e cinco Novas Mulheres, mães de direito, e todo o espírito do país mudou, da resignação corajosa e do luto para um orgulho alegre. As mulheres mais velhas, que se lembravam dos homens, foram morrendo; as mais novas, da geração seguinte, morreram também depois de um tempo, e de repente havia cento e cinquenta e cinco mulheres fundando uma nova raça.

Elas herdaram toda a devoção e o cuidado que aquele grupo inicial poderia ter deixado. O pequeno país estava a salvo. As fazendas e os jardins estavam em plena produção. Toda a indústria que tinham estava em ordem. Os registros do passado foram preservados, e por anos as mulheres mais velhas usaram seu tempo ensinando aquilo de que eram capazes, passando para o grupo de irmãs e mães tudo o que possuíam em termos de habilidades e conhecimento.

E essa é a origem da Terra das Mulheres! Uma família, descendendo da mesma mãe! Ela viveu até os cem anos, o bastante para ver suas cento e vinte e cinco bisnetas nascerem; viveu como Rainha-Mãe e Sacerdotisa de todas elas; e morreu com um orgulho mais nobre e uma alegria mais plena do que qualquer outra alma humana tenha conhecido, porque sozinha havia fundado uma raça!

As cinco filhas originais cresceram em um clima de tranquilidade sagrada, de uma espera atenta e admirada, de orações sussurradas. Para elas, a tão esperada maternidade não era apenas uma alegria pessoal mas a esperança de uma nação. Suas vinte e cinco filhas, por sua vez, nutridas de mais esperança, com uma perspectiva mais ampla e o amor e o cuidado devotados de toda a população sobrevivente, cresceram como uma irmandade sagrada, sabendo de seu papel desde a ardente e plena juventude. E, por fim, ficaram sozinhas; a Primeira Mãe, de cabelos brancos, partiu, e aquela família de cinco irmãs, vinte e cinco primas e cento e vinte e cinco primas de segundo grau, começou uma nova raça.

Eram seres humanos, sem dúvida, mas o que não conseguíamos entender era como aquelas supermulheres, que haviam nascido apenas de outras mulheres, tinham eliminado não apenas determinadas características masculinas, pelas quais é claro que nem procuramos, mas tanto do que sempre havíamos pensado como essencialmente feminino.

A tradição dos homens como guardiões e protetores havia morrido. Aquelas virgens robustas não tinham homens a temer e, portanto, não precisavam de proteção. Quanto a feras selvagens, não havia nenhuma no santuário que era sua terra.

O poder do amor materno, o instinto que tanto alardeamos, era elevado ali ao extremo; havia também um amor de irmã, e, ainda que reconheçamos sua existência, achamos difícil explicá-lo.

Quando estávamos sozinhos, Terry, incrédulo e até desdenhoso, manifestou sua recusa em acreditar na história.

– Uma série de tradições tão antigas quanto Heródoto e igualmente indignas de confiança! – ele disse. – É improvável que mulheres, apenas um grupo de mulheres, tenham se mantido juntas assim! Sabemos que elas não conseguem se organizar. Que brigam por qualquer coisa e são extremamente invejosas!

– Lembre-se de que elas não tinham a quem invejar – desafiou Jeff.

– Não posso acreditar – Terry desdenhou.

– Por que não elabora uma versão mais provável então? – sugeri. – Essas mulheres *estão* aqui. Não são nada além de mulheres. E você mesmo admite que não há nenhum sinal de homens no país.

Já tínhamos discutido exaustivamente o assunto.

– Admito isso – Terry grunhiu. – E é uma grande perda. Não é divertido sem homens. Não há esporte de verdade nem competição. Mas essas mulheres não são *femininas*. Você sabe que não.

Aquele assunto sempre incomodava Jeff; aos poucos, passei para seu lado.

– Você não chama de feminina uma raça de mulheres cuja principal preocupação é a maternidade? – Jeff perguntou.

– Não – Terry retrucou. – Por que um homem iria se importar com a maternidade se não tem a menor chance com a paternidade? Além disso, de que vale falar de sentimentos se somos homens? O que um homem quer de uma mulher é muito mais que "maternidade"!

Fomos tão pacientes quanto possível com Terry. Ele tinha vivido cerca de nove meses com as "coronéis" naquela época; e não havia nenhuma chance de excitação que não fosse através do exercício físico, a não ser por nossa tentativa fracassada de fuga. Acho que meu amigo nunca tinha ficado tanto tempo sem amor, combate ou perigo que consumissem seu excesso de energia, de modo que andava irritável. Jeff e eu não estávamos tão cansados. Eu tinha tanto interesse intelectual naquilo que nosso confinamento não me enfadava; e Deus abençoe o coração de Jeff! Ele desfrutava da companhia de sua tutora quase como se fosse a de uma garota, isso é tudo que posso dizer.

Mas as críticas de Terry eram verdadeiras. Aquelas mulheres, cuja distinção essencial da maternidade era a nota dominante de toda a cultura, eram marcantemente deficientes no que chamamos de "feminilidade". O que me levou rapidamente à conclusão de que os "charmes femininos" de que tanto gostamos não são nem um pouco femininos, mas mero reflexo da masculinidade – desenvolvidos para nos agradar porque elas tinham de nos agradar, nada essenciais para o desenvolvimento de propósitos maiores. Porém Terry não era da mesma opinião.

– Esperem só até eu sair daqui – ele murmurou.

Então nós dois o repreendemos.

– Terry, meu amigo, vá com calma! Elas têm sido muito bondosas conosco, mas você se lembra da anestesia? Se causar qualquer dano a esta terra virginal, sofrerá a vingança dessas senhoras! Vamos, homem! Não pode durar para sempre.

Voltando à história...

Elas começaram de imediato a planejar e construir para suas filhas, toda a força e a inteligência do grupo devotadas a uma única coisa. Cada garota, é claro, era criada com pleno conhecimento de sua importância. E, desde aquela época, elas tinham ideias muito elevadas sobre os poderes de moldagem da mãe, assim como da educação.

E que ideais elevados tinham! Beleza, saúde, força, intelecto, bondade – elas rezavam e trabalhavam por aquilo.

Não tinham inimigos; eram todas irmãs e amigas. A terra à disposição era boa, e um futuro grandioso começou a se formar em sua mente.

A religião delas era muito parecida com a da Grécia antiga, com inúmeros deuses e deusas; mas as mulheres perderam todo o interesse nas divindades da guerra e da violência, e gradualmente focaram a Deusa-Mãe. Então, conforme avançaram intelectualmente, sua religião se tornou uma espécie de panteísmo materno.

A Mãe Terra provia. Elas só comiam frutas, sementes, ovos ou o que produziam. Tinham nascido da maternidade e vivido por ela – para aquelas mulheres, a vida era um longo ciclo maternal.

Mas logo elas reconheceram a necessidade de melhora, e não só de mera repetição, devotando sua inteligência combinada ao problema de como criar o melhor tipo de pessoa. A princípio, tinham apenas a esperança de ter filhas melhores. Então reconheceram que, independentemente das diferenças no nascimento, o verdadeiro crescimento vinha depois, pela educação.

A partir daí as coisas começaram a se desenrolar.

Quanto mais eu admirava o que aquelas mulheres tinham feito, menos orgulho eu sentia do que nós, os homens, havíamos conseguido.

Elas não tinham guerras. Não tinham reis, clero nem aristocracia. Eram irmãs e cresciam juntas – não através da competição, mas da ação conjunta.

Tentamos defender a competição, e elas pareceram se interessar. De fato, logo notamos por suas perguntas sinceras que estavam preparadas para acreditar que nosso mundo era melhor que o delas. Não tinham certeza; queriam descobrir; não havia nenhuma arrogância nelas, como seria de esperar.

Nós nos aproveitamos disso, detalhando as vantagens da competição: desenvolve as melhores qualidades; sem ela não haveria "estímulo à indústria". Terry foi bastante firme nesse ponto.

– Estímulo à indústria – elas repetiram, com uma expressão intrigada que já conhecíamos bem. – *Estímulo? À indústria?* Mas vocês não *gostam* de trabalhar?

– Nenhum homem trabalharia se não tivesse de fazer isso – Terry declarou.

– Ah, nenhum *homem*! Então essa é uma das distinções entre os dois sexos?

– De modo algum – ele disse apressado. – Ninguém, homem ou mulher, trabalharia sem incentivo. A competição é esse motor, entende?

– Conosco não funciona assim – elas explicaram gentilmente –, de modo que fica difícil entender. Você quer dizer que nenhuma mãe de seu país trabalharia por seus filhos sem o estímulo da competição?

Terry admitiu que não fora aquilo que quisera dizer. Mães, ele supunha, certamente trabalhariam por seus filhos em casa; mas o mundo do trabalho era diferente. Aquilo tinha de ser feito pelos homens e exigia um componente competitivo.

Nossas professoras pareceram muito interessadas.

– Queremos tanto compreender! Vocês têm todo um mundo sobre o qual nos contar, enquanto conhecemos apenas nosso país. E há dois de vocês, os dois sexos, para respeitar e amar um ao outro. Deve ser um mundo maravilhoso e pleno. Diga, que tipo de trabalho os homens fazem no seu mundo que não existe aqui?

– Ah, tudo – Terry disse, com grandiosidade. – Os homens fazem tudo entre nós. – Ele abriu os ombros e inflou o peito. – Não permitimos que nossas mulheres trabalhem. Elas são amadas, idolatradas, honradas, mantidas no lar para cuidar das crianças.

– O que significa "no lar"? – perguntou Somel, animada.

Mas Zava implorou:

– Antes quero saber: *nenhuma* mulher trabalha?

– Bem, algumas precisam – Terry admitiu. – As mais pobres.

– E são cerca de quantas no seu país?

– Sete ou oito milhões – disse Jeff, travesso como sempre.

6. COMPARAÇÕES SÃO ABOMINÁVEIS

Sempre tive orgulho do meu país, é claro. Todo mundo tem. Comparados a outras terras e outras raças que conheci, os Estados Unidos sempre me pareceram, falando com modéstia, tão bons quanto os melhores.

Entretanto, tal como uma criança pura, inteligente, honesta e bem-intencionada pode derrubar a autoestima de alguém com suas perguntas inocentes, o mesmo fizeram aquelas mulheres, sem o menor traço de malícia ou deboche, ao trazerem à tona pontos de discussão que nos esforçamos para ignorar.

Agora que adquiríramos certa proficiência em sua língua, tínhamos lido sobre sua história e delineado a nossa, elas podiam fazer perguntas mais específicas.

Quando Jeff admitiu o nosso número de "mulheres assalariadas", elas perguntaram imediatamente qual era a população total e a proporção de mulheres adultas, chegando ao número de vinte milhões.

– Então pelo menos um terço de suas mulheres é... Como foi que as chamou? Assalariadas? E *pobres*. O que significa *pobre* exatamente?

– Nosso país é o melhor do mundo em termos de pobreza – Terry comentou. – Não temos os miseráveis e pedintes que países mais antigos têm, posso garantir. Os visitantes europeus sempre nos dizem que não sabemos o que é pobreza.

– Nem nós – Zava disse. – Pode nos explicar?

Terry passou a questão para mim, apontando que eu era o sociólogo. Expliquei que as leis da natureza requerem uma luta pela existência, e nessa luta os mais bem-adaptados sobrevivem, enquanto os inadaptados perecem. Nessa disputa econômica, continuei, sempre havia muitas oportunidades para os melhores chegarem ao topo, e eles o fizeram, em grande número, principalmente em nosso país; e que, onde havia uma pressão econômica mais severa, eram as classes baixas que sofriam mais, é claro; e que, entre os mais pobres, as mulheres eram obrigadas a se juntar à força de trabalho por pura necessidade.

Elas ouviram atentamente, tomando notas como sempre.

– Ou seja, cerca de um terço das mulheres pertence à classe mais baixa – Moadine apontou com seriedade. – E dois terços são essas que... Como foi que você disse? "São amadas, honradas e mantidas no lar para cuidar das crianças". Esse um terço inferior não tem filhos, imagino.

Jeff, que via tantas falhas na exposição quanto elas, respondeu solenemente que era o contrário: quanto mais pobres, mais filhos tinham. Ele explicou que isso também era uma lei da natureza:

– A reprodução ocorre em proporção inversa à individuação.

– Essas "leis da natureza" – Zava perguntou com gentileza – são o único tipo de lei que vocês têm?

– De modo algum! – protestou Terry. – Temos um sistema de lei que data de milhares e milhares de anos. Como vocês, sem dúvida – ele concluiu, educadamente.

– Ah, não – Moadine informou. – Não temos leis com mais de cem anos. A maioria tem menos de vinte. Daqui a algumas semanas teremos o prazer de mostrar um pouco do nosso pequeno país e explicar tudo o que quiserem saber. Gostaríamos que conhecessem nosso povo.

– E garanto que o povo quer ver vocês – Somel acrescentou.

Terry se iluminou com a novidade e se sentiu mais confortável com as novas exigências da nossa capacidade como professores. Foi sorte sabermos tão pouco e não termos livros conosco, caso contrário ainda poderíamos estar lá, ensinando como era o resto do mundo àquelas mulheres ávidas por conhecimento.

Quanto à geografia, elas sabiam do Grande Mar, além das montanhas, e podiam ver a floresta densa e infinita abaixo delas – nada mais. Sabiam que existiam outros povos e outros países baseadas nos registros antigos; para elas, não havia "antes do dilúvio", e sim antes do poderoso terremoto que as havia separado do resto do mundo.

Em geologia, eram bastante ignorantes.

Em antropologia, também só tinham as informações que restavam nos registros, além do conhecimento da selvageria daqueles que ocupavam as florestas lá embaixo. No entanto, haviam inferido (suas mentes eram incrivelmente dedutivas e conclusivas!) a existência e o desenvolvimento da civilização em outros lugares, da mesma forma que o fazemos considerando outros planetas.

Quando nosso avião passou acima delas naquele voo de reconhecimento, elas imediatamente o aceitaram como prova de maior desenvolvimento em algum outro lugar e se prepararam para nos receber com tanta animação e precaução quanto talvez nos preparássemos para receber visitantes vindos de Marte na cauda de um meteoro.

De história, além da delas e de suas tradições mais antigas, não sabiam nada, é claro.

De astronomia, tinham um bom conhecimento, considerando que é uma ciência antiga; em consequência, apresentavam uma surpreendente facilidade em matemática.

Não tinham familiaridade com a fisiologia. Quando se tratava de ciências mais simples e concretas, quando o assunto em questão era material e elas só precisavam exercitar a mente, os resultados eram surpreendentes. Elas tinham desenvolvido a química, a botânica, a física e todos os pontos em que a ciência beira a arte ou se transforma em indústria, com tamanho conhecimento que nos fazia sentir como meninos.

Assim que deixamos o país, através de mais estudo e questionamento, descobrimos que o que uma sabia todas sabiam, em grande medida.

Falei depois com meninas das montanhas, dos vales escurecidos pelos abetos, distantes das alturas, com mulheres das planícies queimadas pelo sol, ou que viviam nos campos espalhados pelo país assim como aquelas da cidade, e em toda parte encontrei o mesmo nível de inteligência bastante alto. Algumas sabiam muito mais que outras sobre certo tópico – tinham especialidades, é claro. Mas todas sabiam muito sobre tudo, ou seja, sobre tudo o que era relativo ao seu país – o que não acontecia conosco.

Vangloriamo-nos de nosso "alto nível de inteligência" e do "ensino público para todos", mas, proporcionalmente às oportunidades, a educação delas era muito superior à do nosso povo.

Com o que dissemos por meio de rascunhos e modelos que pudemos preparar, elas construíram uma espécie de quadro, que preenchiam conforme aprendiam mais.

Um vasto globo foi feito, e nossos mapas incertos, ajudados pelos que havia no precioso anuário que eu tinha, foram transpassados para ele.

Elas se sentaram em grupos ávidos, todas reunidas para esse propósito, e ouviram Jeff explicar grosseiramente a história geológica da Terra, mostrando a terra delas em relação às outras. Daquele meu livro de referência de bolso saíam os fatos e números observados e colocados em perspectiva com sagacidade infalível.

Até Terry se interessou pelo trabalho.

– Se continuar assim, daqui a pouco estaremos ensinando às garotas nas escolas e faculdades. O que acham? – ele comentou conosco. – Eu não recusaria ser uma autoridade para tal público.

Elas de fato nos pediram para dar palestras públicas depois, mas não para quem ele pensava nem com o mesmo propósito.

O que estavam fazendo conosco era como... como... bem, vamos dizer que era como Napoleão extraindo informação militar de alguns poucos camponeses iletrados. Elas sabiam o que perguntar e o que fazer com a resposta; possuíam aparelhos para transmitir as informações que se assemelhavam aos que tínhamos em casa; quando fomos chamados a palestrar, nosso público já tinha um bom resumo de tudo o que havíamos passado às nossas professoras, e estava preparado com notas e questões que teriam intimidado um professor universitário.

Nunca havia meninas no público. Foi só algum tempo depois que tivemos permissão para conhecer as mais jovens.

– Importa-se de dizer o que pretendem fazer conosco? – Terry explodiu um dia, encarando Moadine, que, calma e amistosa, tinha seu típico ar entre divertido e assustador.

A princípio, ele costumava se enfurecer e berrar bastante, mas nada parecia entretê-las mais; elas se reuniam para observá-lo como se fosse uma apresentação, com educação e um interesse evidente. Então ele aprendeu a se controlar e se tornou quase racional, mas não por completo.

Ela anunciou suavemente e sem se alterar:

– De modo algum. Achei que estivesse claro. Estamos tentando aprender o máximo que podemos com vocês, assim como ensinar tudo o que estiverem dispostos a aprender sobre nosso país.

– Só isso? – ele insistiu.

Ela abriu um sorriso discreto e enigmático:

– Depende.

– Depende do quê?

– Principalmente de vocês – ela respondeu.

– Por que nos mantêm vigiados tão de perto?

– Porque não nos sentimos seguras em permitir que fiquem soltos quando há tantas jovens por aí.

Aquilo deixou Terry satisfeito. Em seu íntimo, tinha pensado a respeito, mas só disse:

– Não precisam ter medo. Somos cavalheiros.

Ela deu um sorrisinho de novo e perguntou:

– "Cavalheiros" nunca oferecem perigo?

– Certamente não desconfia que um de nós – ele disse, com ênfase em "nós" – machucaria as garotas.

– Ah, não – ela disse depressa, surpresa de verdade. – O perigo é acontecer o contrário. Elas podem machucar vocês. Se, por acidente, vocês fizessem algum mal a qualquer uma de nós, teriam de enfrentar um milhão de mães.

Ele pareceu tão espantado e ultrajado que Jeff e eu rimos, mas ela continuou, delicadamente:

– Acho que você ainda não entendeu. Vocês são apenas homens, três homens, em um país povoado por mães, ou futuras mães. A maternidade significa para nós algo que não parece significar em nenhum dos países sobre os quais falaram. – Ela se virou para Jeff. – Você mencionou uma fraternidade humana como um grande ideal, mas estou errada em julgar que ainda seja algo distante da realidade?

– Muito distante – Jeff assentiu, com tristeza.

– Aqui temos uma irmandade humana em funcionamento – ela prosseguiu. – Nada além da irmandade literal da nossa origem, e da união mais profunda e elevada de nosso crescimento social. As crianças neste país são o centro e o foco de todo pensamento. Cada passo à frente é sempre avaliado do ponto de vista do efeito que terá nelas: na raça. Como vocês veem, somos mães – ela repetiu, como se isso explicasse tudo.

– Não sei como esse fato, que é compartilhado por todas as mulheres, pode ser um risco para nós – Terry insistiu. – Você quer dizer que defenderiam as filhas de qualquer ataque. Isso é evidente. Qualquer mãe faria o mesmo. Mas não somos selvagens, minha querida senhora, não vamos machucar crianças.

Elas olharam uma para a outra e balançaram a cabeça. Zava virou para Jeff e lhe pediu que nos ajudasse a entender, acreditando que ele compreendia mais do que nós. Jeff tentou.

Agora eu vejo, ou pelo menos enxergo melhor, mas precisei de muito tempo e um enorme e sincero esforço intelectual.

O que elas chamavam de maternidade era assim:

Começara com um alto nível de desenvolvimento social, como no Egito ou na Grécia antigos. Então viera a perda tudo o que era masculino, com a suposição inicial de que todo o poder e a segurança estavam perdidos também. Depois, elas desenvolveram a capacidade de, ainda virgens, gerar filhos. Como a prosperidade das crianças dependia daquilo, a mais perfeita e sutil coordenação entrou em vigor.

Lembro-me do tempo que Terry passou recusando a evidente unanimidade daquelas mulheres, o traço mais distinguível de toda a sua cultura.

– É impossível! – ele insistia. – Mulheres não são capazes de cooperar. Vai contra sua natureza.

Quando apontávamos os fatos, ele dizia "Bobagem!" ou "Não interessa! Estou dizendo que não tem como!". Não conseguíamos calá-lo até que Jeff mencionava os himenópteros.

– Observe as formigas, seu preguiçoso, e veja se aprende alguma coisa – Jeff disse triunfante. – Elas não cooperam à perfeição? Não há argumento contra isso. Este lugar é como um enorme formigueiro. Você sabe que um formigueiro pode ser reduzido a um berçário. E quanto às abelhas? Elas não cooperam e vivem em harmonia? *Como os pássaros adoram a primavera ou as abelhas a sua cuidadosa rainha.* Agora me mostre um grupo de machos, sejam pássaros, insetos ou feras, que funcione tão bem. Ou um país no mundo em que as pessoas trabalhem juntas como aqui! Estou dizendo que as mulheres são inclinadas à cooperação, não os homens!

Terry teve de aprender uma porção de coisas que não desejava.

Voltando à minha análise do que aconteceu:

Elas desenvolveram toda aquela rede de serviços para defender os interesses das crianças. Para melhorar a qualidade de seu trabalho, tinham de se especializar; as crianças precisavam de fiadeiras e tecelãs, agricultoras e fazendeiras, carpinteiras e pedreiras, assim como de mães.

Então veio o preenchimento do espaço. Quando uma população se multiplica por cinco a cada trinta anos, logo atinge seus limites físicos, especialmente num lugar pequeno como aquele. De modo que o gado foi logo eliminado, sendo as ovelhas as últimas a ceder espaço, acredito. Elas também criaram um sistema de agricultura intensiva superior a tudo o que eu já tinha ouvido, com a floresta repleta de árvores que davam frutos ou nozes.

Fazendo o que faziam, no entanto, logo foram confrontadas pelos problemas de "pressão populacional" de forma radical. O país ficou lotado e, com isso, inevitavelmente, houve uma queda nos padrões.

Como elas tinham resolvido aquilo?

Não através da "luta pela sobrevivência", que resultaria em uma massa insatisfeita de pessoas submissas tentando superar umas às outras – algumas poucas temporariamente no topo e outras muitas sendo sempre esmagadas por essas, um substrato sem esperanças de pobres e degenerados, sem serenidade nem paz para ninguém, nenhuma possibilidade de desenvolvimento de qualidades realmente nobres.

Elas tampouco começaram excursões predatórias para ampliar suas terras, tirando-as de outros povos, ou para conseguir comida em outro lugar para manter a massa de pessoas.

De modo algum. Elas se sentaram juntas em conselho e refletiram a respeito. Eram grandes pensadoras, tinham clareza e força. Disseram:

– Com nossos maiores esforços, este país vai suportar tantas pessoas, mantendo a paz, o conforto, a saúde, a beleza e o progresso que exigimos. Muito bem. Então só teremos esse número de pessoas.

Foi isso. Elas eram mães, e não no nosso sentido de fecundidade involuntária, forçadas a superpovoar a terra, qualquer terra, e então assistir aos filhos sofrer, pecar e morrer, lutando uns contra os outros; elas eram mães no sentido de fazedoras conscientes de gente. O amor materno nelas não era bruto, um "instinto", um sentimento muito pessoal; era mais como uma religião.

Incluía o sentimento sem limites de irmandade e a ampla unidade no serviço, que para nós era tão difícil de entender. Era nacional, racional e humano. Nem sei como explicar.

Estamos acostumados a ver o que chamamos de "mãe" completamente embrulhada em seu próprio pacotinho cor-de-rosa de uma infância fascinante, com apenas um vago interesse teórico no pacote dos outros, isso sem falar nas necessidades comuns a *todos* os pacotes. Mas aquelas mulheres trabalhavam juntas na mais importante das tarefas: faziam gente, e o faziam bem.

Então se seguira um período de "eugenia negativa", que deve ter sido um sacrifício para elas. Estamos sempre dispostos a "dar a vida" pelo país, mas elas tinham de rejeitar a maternidade por ele – a coisa mais difícil que poderiam fazer.

Quando cheguei aí em minha leitura, fui até Somel buscar ajuda. Tínhamos ficado mais próximos do que eu jamais havia sido de uma mulher na minha vida. Ela era reconfortante, capaz de transmitir a boa e suave sensação maternal que os homens tanto apreciam em uma mulher, mas com a inteligência afiada e a segurança que eu costumava considerar características masculinas. Já tínhamos conversado bastante.

– Veja aqui – falei. – Houve um período assustador em que elas tiveram de ser duras e decidiram limitar a população. Meus amigos e eu discutimos muito essa questão, mas a posição de vocês é tão diferente que eu gostaria de saber mais a respeito. Entendo que para vocês a maternidade é o maior serviço social, um sacramento até; que a maior parte da população só tem uma oportunidade; que aquelas consideradas inaptas não têm nem isso; e que ser encorajado a ter mais de um filho é a maior recompensa e honra em poder do Estado.

(Aqui, ela interrompeu dizendo que o que mais as aproximava de uma aristocracia era o fato de descender das Mães Superiores; essas tinham recebido as mais altas honras.)

– Mas o que não entendo, naturalmente, é como impedem os nascimentos. Cada mulher tinha cinco filhos. Vocês não têm maridos tirânicos para controlá-los, e é claro que não matam os fetos...

Nunca vou esquecer seu olhar horrorizado. Ela pulou de sua cadeira com as feições pálidas e os olhos arregalados.

– Matar os fetos? – susurrou com dificuldade. – Os homens fazem isso em seu país?

– Homens! – comecei a responder, com paixão, então vi o abismo diante de mim.

Não queríamos que aquelas mulheres pensassem que *nossas* mulheres, de quem tanto nos vangloriávamos, eram de alguma forma inferiores a elas. Tenho vergonha de confessar que estava equivocado. Contei-lhe sobre certos tipos criminosos de mulheres – pervertidas ou malucas –, notórias por ter cometido infanticídio. Falei, com sinceridade, que havia muito na nossa terra que podia ser alvo de crítica, mas que não iria me estender em nossos defeitos enquanto elas não entendessem melhor nosso povo e nossas condições.

E, dando uma volta considerável, retornei à questão de como limitavam a população.

Somel pareceu arrependida, até um pouco envergonhada, por ter expressado seu espanto tão claramente. Quando olho para trás hoje, conhecendo-as melhor, fico mais e mais surpreso com a cortesia exemplar com a qual receberam declarações e admissões nossas que devem tê-las revoltado em seu íntimo.

Ela me explicou, com sua doce seriedade, que, como eu supunha, a princípio cada mulher tinha cinco filhos; e que, na ânsia de reconstruir a nação, aquilo tinha se mantido por séculos, até que deparassem com a necessidade de um limite. Esse fato estava igualmente claro para todas elas – todas estavam igualmente interessadas no assunto.

Elas estavam ansiosas para testar o maravilhoso poder que tinham desenvolvido; por algumas gerações, dedicaram ao assunto todo o seu foco e estudo.

– Chegamos a viver na miséria até conseguirmos resolver a questão – ela disse. – Mas acertamos tudo. Antes que uma criança chegue a uma de nós, há um período de pura exaltação: todo o ser é elevado e preenchido com o desejo concentrado por essa criança. Aprendemos a nos preparar para esse período com muito cuidado. As mais jovens, a quem a maternidade ainda não havia ocorrido, com frequência adiavam voluntariamente. Quando aquele desejo interior de ter uma criança começava a se fazer sentir, elas deliberadamente se concentravam no trabalho mais ativo, físico e mental; e, o mais importante, consolavam-se cuidando das bebês que já tínhamos.

Ela fez uma pausa. Seu rosto sábio e doce tornou-se profunda e respeitosamente suave.

– Logo entendemos que o amor materno tem mais de uma forma de se expressar. Acho que o motivo pelo qual nossas crianças são tão amadas, por todas nós, é que nunca nenhuma de nós tem tantas filhas quanto gostaria.

Aquilo me pareceu muito triste, e comentei com ela.

– A vida, na nossa terra, é cheia de obstáculos e amarguras – falei –, mas nada me dá tanta pena quanto suas palavras. Uma nação inteira de mães frustradas!

Ela abriu um sorriso profundamente satisfeito e disse que eu não havia entendido bem.

– Todas nós abrimos mão de certa alegria pessoal – ela disse –, mas lembre-se: temos milhões de crianças para amar e servir. *Nossas* filhas.

Estava além da minha compreensão. Ouvir tantas mulheres falando "nossas filhas"! Mas imagino que as formigas e abelhas também falariam assim – e talvez falem.

Era o que faziam, de qualquer maneira.

Quando uma mulher escolhia ser mãe, permitia que a criança desejada crescesse dentro dela como um milagre da natureza. Quando não o escolhia, tirava aquilo da cabeça e preenchia seu coração com outras bebês.

Entre nós, as crianças (as menores, quero dizer) constituem cerca de três quintos da população; entre estas mulheres, apenas um terço, ou menos. E são preciosas! Nenhum herdeiro de império, bebê milionário e solitário ou filho único de pais de meia-idade poderia ser comparado com as crianças da Terra das Mulheres.

Antes, porém, que eu entre nesse assunto, preciso encerrar a pequena análise que tentava fazer.

De modo efetivo e permanente, elas limitaram a população em números, para que o país pudesse garantir a todas fartura, para que sua vida fosse mais completa e rica – fartura de tudo: espaço, ar e até solidão.

Então se puseram a trabalhar para melhorar a qualidade da população, já que havia restrições quanto à quantidade. Isso vinha sendo feito, ininterruptamente, durante cerca de mil e quinhentos anos. Você ainda se pergunta se elas eram boas pessoas?

Fisiologia, higiene, saneamento e atividade física: tudo havia sido aprimorado desde então. A doença era quase desconhecida para elas, tanto que o elevado desenvolvimento passado do que chamamos de "ciência da medicina" tinha praticamente se tornado uma arte esquecida. Elas eram um grupo de boa origem e vigoroso, muito bem cuidado, sempre com as melhores condições de vida.

Quando se tratava de psicologia, não havia nada que nos deixava tão estupefatos, tão abismados, quanto a sabedoria – e a prática – que elas diariamente demonstravam nessa área. Conforme descobríamos mais e mais, aprendemos a apreciar a maestria com que nós mesmos, estrangeiros de uma raça alienígena, do desconhecido sexo oposto, tínhamos sido compreendidos e cuidados desde o primeiro momento.

A partir desse conhecimento amplo, profundo e detalhado, elas tinham descoberto e resolvido os problemas de educação de maneiras que espero esclarecer mais adiante. Aquelas crianças, amadas pelo país inteiro, pareciam as rosas mais lindas e perfeitamente cultivadas, enquanto nossas crianças eram como bolas de feno. Entretanto, elas não *pareciam* "cultivadas"; era como se tudo fosse uma condição natural.

Aquele povo, desenvolvendo-se continuamente em capacidade mental, força de vontade e devoção social, brincava com as artes e as ciências – do modo que as conheciam – havia inúmeros séculos, com inevitável sucesso.

Tínhamos chegado de repente àquela tranquila terra cheia de amor, entre mulheres sábias, doces e fortes, assumindo de imediato nossa superioridade; agora, domados e treinados a um nível que consideravam seguro, fomos enfim levados para ver o país e conhecer as pessoas.

7. NOSSA MODÉSTIA CRESCENTE

Finalmente considerados domados e treinados o suficiente para que nos confiassem tesouras, nós nos barbeamos tão bem quanto possível. Uma barba bem aparada é certamente mais confortável que uma cheia. É claro que elas não tinham navalhas para fornecer.

– Com tantas velhotas, era de esperar que tivessem navalhas – escarneceu Terry. Jeff, por sua vez, salientou que nunca tinha visto uma ausência tão completa de pelos faciais nas mulheres.

– Parece que a falta de homens as tornou mais femininas nesse aspecto – ele sugeriu.

– Só nesse sentido então – Terry concordou, relutante. – Nunca vi um bando tão pouco feminino. Uma criança não me parece o bastante para desenvolver em alguém o que considero maternidade.

A ideia de Terry de maternidade era a mais comum, que envolvia um bebê nos braços ou um garotinho nos joelhos e a completa absorção da mãe por tal bebê ou garotinho. A maternidade que dominava toda uma sociedade, influenciava a arte e a indústria, protegia toda a infância e lhe garantia o mais perfeito carinho e instrução não parecia maternal a Terry.

Tínhamos nos acostumado com nossas vestimentas. Eram tão confortáveis, senão mais, quanto aquelas com que havíamos chegado, e sem dúvida eram mais bonitas. Quanto aos bolsos, não deixavam nada a desejar: as ceroulas de corpo inteiro eram bem providas deles. Eles eram dispostos de um modo engenhoso, para que ficassem convenientemente à mão e não fossem inconvenientes para o corpo, colocados de modo a fortalecer a costura e dar acabamento.

Nesse ponto, como em muitos outros que havíamos observado, ficava demonstrada a ação da inteligência prática e de um sentimento artístico refinado, aparentemente sem sofrer a interferência de influências prejudiciais.

O primeiro passo na liberdade relativa foi uma visita guiada ao país. Não éramos mais acompanhados por cinco guardas cada um! Só por nossas tutoras, e nos dávamos bem com elas. Jeff dizia amar Zava como uma tia: "Só que nunca vi uma tia tão alegre quanto ela"; Somel e eu éramos tão próximos quanto poderíamos ser, melhores amigos; mas era engraçado assistir a Terry e Moadine. Ela era paciente e cortês com ele, mas era como a paciência e a cortesia de um grande homem, por exemplo um diplomata experiente e habilidoso, em relação a uma menininha. Sua aquiescência solene diante das expressões mais ridículas de sentimentos dele; sua agradável risada, não apenas com ele, mas com frequência eu sentia que *dele*, embora impecavelmente educada; suas perguntas inocentes, que sempre o levavam a dizer mais do que pretendia... Jeff e eu considerávamos divertido acompanhar tudo isso.

Terry não parecia reconhecer aquela silenciosa superioridade. Quando Moadine desistia de uma discussão, ele sempre pensava que a tinha silenciado; quando ela ria, ele pensava que era um tributo à sua inteligência.

Eu odiava admitir para mim mesmo o quanto Terry tinha perdido de minha estima. Jeff sentia o mesmo, tenho certeza; mas nenhum de nós o confessou para o outro. Na nossa terra, nós o comparávamos com outros homens. Embora soubéssemos de suas falhas, de modo algum ele era um tipo incomum. Conhecíamos suas virtudes também, que sempre pareceram mais proeminentes. Em relação às mulheres – às mulheres da nossa terra, digo –, ele sempre esteve em alta. Era claramente popular. Mesmo onde seus hábitos eram conhecidos, não era alvo de discriminação; em alguns casos, sua fama quanto ao que felizmente era denominado "alegria" parecia um charme especial.

Mas ali, diante da sabedoria tranquila e do humor calmo e controlado daquelas mulheres, com apenas o abençoado Jeff e meu inconspícuo ser com que se comparar, Terry se destacava bastante.

Como "um homem entre homens", ele não se destacava; como um homem entre "fêmeas" também não, pois sua intensa masculinidade parecia complementar a intensa feminilidade delas. Porém ali ele era um peixe fora d'água.

Moadine era uma mulher grande que raramente demonstrava sua força. Seus olhos eram tão observadores quanto os de um vigia. Ela mantinha uma relação agradável com seu trabalho, mas duvido que muitos, mesmo naquele país, poderiam executá-lo tão bem.

Ele se referia a ela como "Maud" quando estávamos sozinhos, e dizia que era "uma boa alma, mas um pouco lenta"; estava completamente enganado. Não é preciso dizer que chamava a tutora de Jeff de "Java" ou "Moca"; quando queria ser especialmente maldoso, "Chicória" ou simplesmente "Café". Mas Somel escapava de suas gozações, que eram reservadas às outras.

– Vocês não têm outro nome? – ele perguntou uma vez, depois de ter sido apresentado a um grupo de mulheres muito agradáveis. Tinham nomes estranhos e de poucas sílabas, como aqueles que já conhecíamos.

– Ah, sim – Moadine disse. – Muitas de nós adquirem um ao longo da vida, mais descritivo. É o nome que conquistamos. Às vezes, ele é mudado ou ampliado, em uma vida incomumente rica. É o que acontece com nossa atual Mãe Terra, que é o que vocês chamariam de presidente ou rei, acredito. Seu nome era Mera quando criança, que significa "pensadora". Mais tarde, passou a ser Dumera, "sábia pensadora". Agora todas a conhecemos como Odumera, "grande e sábia pensadora". Vocês vão conhecê-la.

– Mas não há sobrenomes então? – insistiu Terry com seu ar condescendente. – Nenhum nome de família?

– Não – ela disse. – Por que haveria? Descendemos da mesma fonte. Somos uma única família. Nossa história relativamente breve e limitada nos dá ao menos essa vantagem.

– Mas cada mãe não deseja que sua filha carregue seu nome? – perguntei.

– Não. E por quê? A criança já tem nome.

– Ora, para identificação. De modo que as pessoas saibam de quem é a criança.

– Mantemos registros cuidadosos – Somel disse. – Cada uma de nós pode traçar sua linhagem ancestral até nossa querida Primeira Mãe. Há muitas razões para fazer isso. Mas, quanto a todos saberem quem é filha de quem... Que importância tem isso?

Nesse ponto, como em muitas outras instâncias, fomos conduzidos a sentir a diferença entre o pensamento puramente paternal e o maternal. O elemento do orgulho pessoal nos pareceu estranhamente em falta.

– E quanto a seus trabalhos? – Jeff perguntou. – Vocês não os assinam? Me refiro a livros, estátuas e afins.

– Sim, claro, ficamos muito satisfeitas e orgulhosas com isso. Não apenas livros e estátuas, mas todo tipo de trabalho. As casas são assinadas, os móveis e até mesmo os pratos. Caso contrário, a tendência é esquecer a quem devemos ser gratas.

– Você fala como se isso fosse feito para conveniência do consumidor, não para orgulho do produtor – sugeri.

– É para ambos – Somel disse. – Temos muito orgulho de nosso trabalho.

– E por que não de suas filhas? – insistiu Jeff.

– Também! Temos um orgulho enorme delas – Somel replicou.

– Então por que não colocar sua assinatura nelas? – perguntou Terry, triunfante.

Moadine virou para ele com seu sorriso quase zombeteiro.

– Porque o produto final não é particular. Quando são bebês, nós nos referimos a elas como "a Lato de Essa" ou "a Amel de Novine", mas apenas para fins descritivos e para facilitar a conversa. Nos registros, é claro, a criança fica em sua própria linhagem de mães; mas, em termos de personalidade, trata-se de Lato ou Amel, independentemente de suas ancestrais.

– Mas vocês têm nomes o bastante para não repetir?

– Sim, a cada geração.

Então elas perguntaram sobre nossos métodos e descobriram que "nós" tínhamos o nosso, enquanto outras nações tinham outros diferentes. Elas quiserem saber que método tinha se provado melhor, e precisamos admitir que, até onde sabíamos, não houvera tentativa de comparação, e cada povo seguia seu próprio costume acreditando em sua superioridade, desprezando ou ignorando os demais.

A qualidade mais sobressalente em todas as instituições daquelas mulheres era a racionalidade. Quando me debrucei sobre os registros para seguir uma linha de desenvolvimento, o que mais me impressionou foi o esforço consciente delas para melhorar.

Desde cedo elas observaram o valor de certas melhorias, inferiram com facilidade que havia espaço para mais e se esforçaram imensamente para desenvolver dois tipos de mentalidade: o crítico e o inventor. Aquelas que cedo mostravam uma tendência a observar, discriminar e sugerir recebiam treinamento específico para a função; algumas de suas oficiais mais altas passavam seu tempo estudando cuidadosamente um ou outro tipo de trabalho, visando a sua evolução.

A cada geração, era certeza que viria uma nova mente para detectar as falhas e mostrar a necessidade de alterações; todo o corpo de inventoras ficava disponível para aplicar suas habilidades especiais ao ponto criticado e oferecer sugestões.

Àquela altura, tínhamos aprendido a não iniciar uma discussão sobre nenhuma de suas características sem primeiro descobrir como responderíamos às perguntas sobre nossos próprios métodos; então me mantive em silêncio a respeito dessa questão da evolução consciente. Não estávamos preparados para mostrar que o caminho que tomamos era melhor.

Elevou-se em nós, ou pelo menos em mim e em Jeff, uma grande admiração das vantagens daquele estranho país e de seu gerenciamento. Terry continuava crítico. Atribuímos aquilo aos seus nervos. Ele andava muito irritável.

A característica mais conspícua de toda a terra era a perfeição do fornecimento de comida. Tínhamos notado aquilo em nossa primeira incursão pela floresta e até no sobrevoo parcial que fizéramos. Agora éramos levados para conhecer o grandioso jardim e seus métodos de cultivo.

O país era mais ou menos do tamanho da Holanda, com entre vinte e seis e trinta mil quilômetros quadrados. Era possível que houvesse inúmeras Holandas em meio à floresta que margeava aquelas poderosas montanhas. A população era de cerca de três milhões – não tão grande, mas a qualidade era um diferencial. Três milhões é o bastante para permitir uma considerável variação, e aquelas mulheres de fato eram mais diferentes entre si do que havíamos pensado a princípio.

Terry insistira que, se fosse um caso de partenogênese, elas seriam parecidas umas com as outras, como formigas ou pulgões; ele usava suas diferenças visíveis como prova de que devia haver homens em algum lugar.

Entretanto, quando perguntamos em nossas conversas mais íntimas como havia tanta diversidade sem fertilização cruzada, elas a atribuíram em parte à educação cuidadosa, que acompanhava cada leve tendência a diferir, e em parte à lei da mutação. Tinham descoberto aquilo em seu trabalho com plantas e provado com seu próprio exemplo.

Fisicamente, eram mais parecidas que nós, já que não havia patologias nem excessos. Como raça, eram altas, fortes, saudáveis e bonitas, mas diferiam individualmente, com variadas feições, cores e expressões.

– Mas certamente o crescimento mais importante está na mente e nas coisas que fazemos – Somel comentou. – A variação física de vocês é acompanhada por uma variação proporcional em ideias, sentimentos e produtos? Ou pessoas que são parecidas têm uma vida interior e um trabalho similar?

Não tínhamos muita certeza nesse ponto e estávamos inclinados a sustentar que havia mais chance de desenvolvimento quanto maior fosse a variação física.

– Com certeza deve haver – Zava disse. – Sempre consideramos uma infelicidade ter perdido metade do nosso mundo já reduzido. Talvez essa seja a razão pela qual nos preocupamos tanto com o desenvolvimento consciente.

– Mas traços adquiridos não são transmitidos – Terry declarou. – Weissman já provou isso.

Elas nunca discordavam de nossas afirmações categóricas, só tomavam notas.

– Se é assim, então nosso desenvolvimento se deve à mutação ou à simples educação – Zava explicou, séria. – Mas sem dúvida melhoramos. Talvez todas essas qualidades estivessem latentes na mãe original, e a educação cuidadosa as fez aflorar, e nossas diferenças pessoais dependem de ligeiras variações na condição pré-natal.

– Acho que isso está relacionado com a cultura acumulada – Jeff sugeriu. – E com o impressionante desenvolvimento mental que tiveram. Sabemos muito pouco sobre métodos de cultura mental, enquanto vocês parecem saber bastante.

Fosse como fosse, elas certamente apresentavam um nível de atividade mental e comportamental mais elevado do que podíamos compreender até então. Tendo conhecido na vida inúmeras pessoas que mostravam a mesma cortesia delicada e com quem era igualmente agradável conviver, pelo menos quando usavam a diplomacia, presumimos que nossas acompanhantes eram escolhidas a dedo. Depois, ficamos mais e mais impressionados com o fato de aquela gentileza ser inerente; elas nasciam com aquilo, eram criadas com aquilo, que lhes era tão natural e universal como a delicadeza das pombas ou a alegada sabedoria das cobras.

Quanto à inteligência, confesso que era o aspecto mais impressionante e, para mim, mais assustador da Terra das Mulheres. Logo paramos de comentar esse e outros assuntos que para elas eram lugares-comuns, de modo a evitar questões constrangedoras quanto às nossas próprias condições.

Isso era demonstrado em toda a sua plenitude no fornecimento de comida, que tentarei descrever agora.

Elas haviam levado sua agricultura ao ponto mais alto estimando com cuidado o número de pessoas que poderia viver confortavelmente nos quilômetros quadrados disponíveis e limitando sua população a esse número. Seria de pensar que era o máximo que poderiam fazer. Mas aquelas mulheres discordavam. Para elas, a terra era uma unidade, era delas. O povo também era uma unidade, um grupo consciente; elas pensavam em termos de comunidade. Como tal, sua noção de tempo não era limitada às esperanças e ambições da vida individual. Portanto, propuseram e puseram em prática planos de desenvolvimento que podiam se estender por séculos.

Eu nunca havia visto, mal tinha imaginado, seres humanos realizando um trabalho tão deliberado quanto o de replantar toda uma floresta com espécies diferentes de árvores. Mas para elas aquilo parecia simplesmente bom senso, como o do homem que faz a aragem de um gramado de baixa qualidade e volta a cultivá-lo. Agora todas as árvores davam frutos – frutos comestíveis, quero dizer. Uma árvore de que tinham especial orgulho não dava frutos a princípio, ou pelo menos não um que humanos pudessem comer, mas era tão linda que queriam mantê-la. Por novecentos anos fizeram experiências, e então puderam nos mostrar aquela árvore adorável e graciosa, cuja copa estava cheia de sementes nutritivas.

Elas logo tinham decidido que árvores eram as melhores plantas para alimentação, exigindo muito menos trabalho no cultivo do solo e fornecendo uma grande quantidade de comida em espaço reduzido; além disso, também ajudavam a preservar e enriquecer o terreno.

O devido cuidado havia sido tomado com culturas sazonais, que passaram a dar frutas, nozes e grãos o ano inteiro.

Na parte mais elevada do país, perto da encosta das montanhas, havia um inverno de verdade, com neve. No ponto mais a sudeste, onde havia um enorme vale com um lago de fonte subterrânea, o clima era similar ao da Califórnia, com frutas cítricas, figos e azeitonas em abundância.

O que mais me impressionou foi o sistema de fertilização. Ali estava um pedaço de terra diminuto e isolado onde seria de imaginar que um povo ordinário teria morrido de fome muitos anos antes ou sido reduzido por luta anual pela sobrevivência. Mas aquelas agricultoras dedicadas tinham criado um sistema perfeito de realimentação do solo com tudo o que era produzido. Todos os restos de comida, sobras do trabalho madeireiro e da indústria têxtil, a matéria sólida do esgoto tratada apropriadamente: tudo o que vinha da terra era devolvido a ela.

O resultado prático era como o de qualquer floresta saudável: um solo cada vez mais valioso foi sendo cultivado, em vez do empobrecimento progressivo que tantas vezes se vê no resto do mundo.

Quando deparamos com isso, nossos comentários foram tão animados que elas se surpreenderam com o fato de algo tão comum ser elogiado; então perguntaram que métodos usávamos. Tivemos alguma dificuldade de explicá-los – bem, na verdade desviamos o assunto, fazendo referência à extensão de nossas terras, mas depois acabamos admitindo nosso descuido com elas.

Achamos que tínhamos conseguido enganá-las. Depois descobri que, além de manter um registro cuidadoso e preciso do que dizíamos, elas tinham uma espécie de quadro em que as coisas que contávamos e as coisas que claramente evitávamos contar eram dispostas e estudadas. Para aquelas educadoras tão esmeradas, era como uma brincadeira de criança elaborar, em poucas linhas, uma estimativa dolorosamente precisa de nossas condições. Quando determinado ponto parecia conduzir a uma inferência assustadora, elas sempre nos davam o benefício da dúvida, deixando-o em aberto para futuras descobertas. Em algumas das coisas que tínhamos nos acostumado a aceitar como perfeitamente naturais ou como inatas às limitações humanas, elas eram incapazes de acreditar; e, como eu disse, estávamos todos unidos no esforço tácito de ocultar o máximo que podíamos da realidade do nosso país.

– Confundiria a mente das vovozinhas! – Terry disse. – Elas não vão conseguir entender o mundo dos homens! Não são humanas, são só um bando de fêmeas.

Isso foi depois de ele ter de admitir a partenogênese.

– Queria que a mente de nossos vovôs funcionasse tão bem – comentou Jeff. – Acha mesmo que a pobreza, as doenças e tudo o mais que disseminamos é algo a ser louvado? Elas vivem em paz e com fartura, saúde, beleza, bondade e inteligência. Penso que é um povo admirável!

– Mas vocês vão descobrir que tem falhas também – Terry insistiu.

Em nossa defesa, nós três começamos a procurar falhas nelas. Tínhamos sido bastante taxativos quanto àquilo antes de chegarmos lá, com nossas especulações sem nenhuma base.

– Supondo que haja um país só de mulheres – Jeff sugerira inúmeras vezes. – Como seria?

Estávamos certos das limitações inevitáveis, das falhas e dos vícios de um grupo de mulheres. Tínhamos esperado que cedessem ao que chamamos de "vaidade feminina", "afetações" e "fru-frus", e descobrimos que haviam desenvolvido uma vestimenta ainda mais perfeita que a chinesa, muito bonita quando o desejavam, sempre útil, de bom gosto e cheia de dignidade.

Tínhamos esperado uma monotonia submissa e entediante, mas encontramos uma inventividade social corajosa e muito à frente da nossa, e um desenvolvimento científico e mecânico similar ao nosso.

Tínhamos esperado mesquinharia, mas encontramos uma consciência social que fazia parecer que os outros países eram crianças birrentas e tolas.

Tínhamos esperado inveja, mas encontramos uma ampla afeição entre irmãs, uma justiça sem paralelo.

Tínhamos esperado histeria, mas encontramos um padrão de saúde e vigor, e temperamentos tranquilos, de modo que o conceito de profanação, por exemplo, foi impossível de explicar, por mais que tenhamos tentado.

Terry teve de admitir todas aquelas coisas, mas insistia que veríamos o outro lado muito em breve.

– Faz sentido – ele argumentou. – A coisa toda é completamente antinatural; diria que é impossível se não tivéssemos visto. E uma condição antinatural só pode levar a resultados antinaturais. Vamos descobrir características terríveis nelas, vocês verão! Por exemplo, ainda não sabemos o que fazem com as criminosas, com as defeituosas, com as idosas. Notaram que não vimos nenhuma? Mas tem de haver!

Eu estava inclinado a acreditar que havia, então peguei o touro pelos chifres – ou a vaca, eu deveria dizer! – e perguntei a Somel.

– Queremos encontrar alguma falha em toda essa perfeição – eu disse com sinceridade. – Não é possível que três milhões de pessoas não tenham falhas. Estamos nos esforçando muito para compreender e aprender. Importa-se de ajudar dizendo quais, em sua opinião, são as piores características desta civilização sem igual de vocês?

Estávamos sentados juntos em um corredor à sombra, em um de seus pomares. Já tínhamos comido muito bem, e havia um prato de frutas à nossa frente. Havia, de um lado, uma faixa de campo aberto, adorável e rico; do outro, o jardim, com mesas aqui e ali, afastadas o bastante para que tivéssemos privacidade. É preciso dizer que, com o controle cuidadoso da população, multidões nunca se formavam. Havia espaço e uma liberdade ensolarada e fresca para todos.

Somel levou a mão ao queixo, com o cotovelo apoiado na mureta ao seu lado, e olhou a paisagem.

– É claro que temos falhas. Todas nós – ela disse. – De certo modo, pode-se dizer que temos mais falhas do que costumávamos ter, ou seja, parecemos cada vez mais distantes de nosso modelo de perfeição. Mas isso não nos desencoraja, porque os registros comprovam que houve ganhos consideráveis. Desde o começo, com nossa mãe particularmente nobre, herdamos características de toda uma raça que a precedeu. E elas ressurgem de tempos em tempos, de forma alarmante. Mas faz... sim, faz quase seiscentos anos que não temos o que vocês chamam de "criminoso". É claro que uma de nossas prioridades é não reproduzir, quando possível, os tipos mais abjetos.

– Como isso é possível? – perguntei. – Com a partenogênese?

– Se a garota que demonstrava características negativas ainda conseguisse apreciar o dever social, apelávamos para que renunciasse à maternidade. Alguns dos piores tipos, por sorte, eram incapazes de se reproduzir. Mas, se a falha consistisse em um egoísmo desproporcional, a garota acreditava que tinha direito de procriar e que sua prole seria melhor que a das demais.

– Entendo – eu disse. – Então ela estaria propensa a criar as filhas com o mesmo espírito.

– Isso nunca permitimos – Somel respondeu baixinho.

– Como assim? – perguntei. – Vocês impediam a mãe de criar as próprias filhas?

– Claro – Somel disse. – Só pode fazê-lo quem é digno dessa tarefa suprema.

Foi um golpe em minhas convicções.

– Mas achei que a maternidade era para todas...

– No sentido de carregar um bebê no ventre, sim. Mas a educação é nossa arte mais elevada, e só as melhores artistas podem se dedicar a ela.

– Educação? – Fiquei intrigado. – Não é disso que estou falando. Falo em maternidade não apenas no sentido de ter um bebê, mas de cuidar dele.

– O cuidado dos bebês envolve educação, de modo que é confiado apenas às mais aptas – ela repetiu.

– Então vocês separam mãe e filha! – gritei horrorizado, invadido por aquelas teorias de Terry, de que havia algo de errado entre tantas virtudes.

– Em geral, não – ela explicou pacientemente. – Quase todas as mulheres valorizam a maternidade acima de tudo. Cada garota a trata com carinho e familiaridade, como uma alegria inigualável, uma honra, a coisa mais preciosa, pessoal e íntima do mundo. Desse modo, a educação de uma criança se tornou para nós uma cultura estudada com tanta profundidade, praticada com tanta sutileza e habilidade, que, quanto mais amamos nossas filhas, menos dispostas estamos a confiar esse processo a mãos inaptas, mesmo que sejam as nossas.

– Mas o amor de uma mãe... – comecei.

Ela me encarou, tentando encontrar um modo de explicar aquilo com clareza.

– Você nos contou sobre seus dentistas – Somel disse, por fim. – Pessoas altamente especializadas que passam a vida preenchendo buracos nos dentes de outras pessoas, inclusive crianças.

– Sim, e daí? – inquiri, sem entender aonde ela queria chegar.

– O amor materno faz com que as mães, no seu país, queiram preencher, elas mesmas, o dente de seus filhos? Faz com que desejem isso?

– Ora, não, é claro que não – protestei. – Mas é um ofício altamente especializado. Sem dúvida os cuidados dos bebês podem ser assumidos por qualquer mulher, qualquer mãe!

– Não pensamos assim – ela respondeu com gentileza. – Aquelas entre nós que têm mais competência no assunto tomam conta disso; a maioria das garotas se voluntaria para fazê-lo, então posso garantir que temos as melhores.

– Mas a pobre mãe… privada do seu bebê…

– Ah, não! – Somel me garantiu com franqueza. – Ela não é privada de modo algum. O bebê continua sendo dela, ela não o perde. Mas não é a única a cuidar dele. Há outras envolvidas, que a mãe sabe terem mais sabedoria. Isso porque estudou com elas, praticou com elas, de modo que honra sua inegável superioridade. Pelo bem da criança, ela fica feliz que receba os melhores cuidados.

Não me convenci. Além disso, eram apenas palavras. Eu precisava ver com meus próprios olhos como era a maternidade na Terra das Mulheres.

8. AS GAROTAS DA TERRA DAS MULHERES

Terry finalmente conseguiu aquilo que ambicionava. Fomos convidados, sempre com cortesia e liberdade de escolha de nossa parte, a nos dirigir a públicos mais gerais e turmas de garotas.

Lembro-me da primeira vez, de quão cuidadosos fomos ao escolher as roupas, ao fazer a barba. Terry, em particular, mostrou-se tão exigente quanto à maneira como aparávamos a barba e tão crítico dos nossos esforços que lhe entregamos a tesoura e permitimos que fizesse as honras. Já estávamos apegados às nossas barbas; era quase que nossa única distinção daquelas mulheres altas e robustas, com cabelo curto e roupas que não demarcavam o sexo. Com uma vasta seleção de vestimentas à disposição, escolhemos de acordo com nosso gosto pessoal e ficamos surpresos ao descobrir, quando encontramos nosso vasto público, que éramos os mais arrumados, principalmente Terry.

Ele era uma figura impressionante, com as feições fortes abrandadas pelo cabelo mais comprido – ainda que me tivesse obrigado a cortá-lo o mais curto que consegui; usava uma túnica ricamente bordada com cinto largo, solta o bastante para que lhe desse ares de Henrique V. Jeff se parecia mais com... Bem, com um amante huguenote. E não sei com o que eu me parecia, só que me sentia muito confortável. Quando retornei às nossas armaduras acolchoadas com bordas engomadas, dei-me conta com profundo arrependimento de quão confortáveis eram as roupas feitas naquele lugar.

Passamos os olhos pelo público, procurando rostos conhecidos, mas não havia nenhum. Apenas uma multidão de garotas: caladas, interessadas, concentradas e dispostas a aprender.

Tinham nos pedido que fizéssemos uma breve sinopse da história mundial, até onde desejássemos, e que respondêssemos a perguntas.

– Somos tão ignorantes – Moadine nos explicou. – Não conhecemos nada além da ciência que nós mesmas criamos, apenas o trabalho cerebral de um país tão diminuto; mas vocês se ajudaram ao longo do globo, compartilhando suas descobertas e seu progresso. Sua civilização deve ser maravilhosa, de uma beleza suprema!

Somel deu outra sugestão.

– Vocês não precisam começar do começo, como fizeram conosco. Repassamos o que aprendemos com vocês e foi tudo avidamente absorvido, pelo país inteiro. Gostariam de ver nosso esboço?

Estávamos muito interessados em ver e ficamos bastante impressionados. Para nós, a princípio, aquelas mulheres – ignorando o que considerávamos conhecimento básico – estariam no mesmo nível das crianças ou dos selvagens. Mas havíamos sido forçados a admitir, cada vez mais, que eram tão ignorantes quanto Platão ou Aristóteles, e tinham uma mentalidade altamente desenvolvida que podia mesmo ser comparada à da Grécia antiga.

Não é minha intenção preencher estas páginas com o relato do que tentamos ensinar a elas à nossa maneira imperfeita. O que é digno de nota é o que nos ensinaram, ou um leve vislumbre disso. Naquele momento, nosso maior interesse não era o assunto de nossa palestra, mas o público.

Garotas – centenas delas – ávidas, com os olhos brilhando, rostos atentos e jovens, faziam perguntas que, lamento dizer, tínhamos cada vez mais dificuldade de responder de maneira eficaz.

Nossas tutoras, que ficaram na plataforma conosco e às vezes ajudavam a esclarecer alguma pergunta ou, com mais frequência, uma resposta, notaram aquilo e logo encerraram a parte formal da noite.

– Nossas jovens ficariam felizes em conhecer vocês – Somel falou –, em conversar pessoalmente. Estão dispostos?

Dispostos! Estávamos impacientes e o dissemos, fazendo um sorrisinho aparecer rapidamente no rosto de Moadine. Naquele momento, com aquelas jovenzinhas querendo falar conosco, algumas questões passaram pela minha mente. Qual é o ponto de vista delas? O que pensam de nós? Descobrimos pouco depois.

Terry se infiltrou entre as jovens criaturas em uma espécie de êxtase, como um mergulhador entra no mar. Jeff, com uma expressão arrebatada no rosto educado, aproximou-se delas como se do sacramento. Mas eu estava um tanto abalado por conta de meus pensamentos, e mantive os olhos abertos. Observei Jeff, ainda que eu estivesse rodeado por um grupo cheio de perguntas – como todos estávamos –, e notei como seus olhos encantados e sua cortesia solene atraíam e agradavam a algumas delas; enquanto outras iam para o grupo de Terry ou para o meu.

Observei Terry com especial interesse, sabendo que tinha ansiado por aquele momento e lembrando como era considerado irresistível na nossa terra. Eu podia ver, embora apenas de forma fragmentada, é claro, como sua abordagem sedutora e dominadora parecia irritá-las; seus olhares íntimos demais incomodavam, seus elogios as intrigavam e desagradavam. Às vezes uma garota ficava vermelha, não de timidez, mas de raiva, erguendo de imediato a cabeça. Uma por uma, as garotas lhe deram as costas, até que tinha a atenção de apenas algumas delas, que eram visivelmente as menos "femininas" do grupo.

Vi como a princípio Terry estava satisfeito, imaginando que causava uma boa impressão; mas, finalmente, quando olhou para Jeff e para mim, já não parecia assim.

Quanto a mim, fiquei positivamente surpreso. Na minha terra, nunca tinha sido "popular". Conhecia mulheres, é claro, mas eram amigas e nada mais. E também eram semelhantes a mim, não tinham muitos admiradores. Ali, no entanto, para o meu espanto, minha coroa era a maior.

Vou ter de generalizar, é claro, resumindo as muitas impressões; mas a primeira noite foi um bom exemplo da impressão que causávamos. Jeff tinha seguidoras, se posso chamar assim, do tipo mais sentimental, embora essa não seja a palavra ideal. Menos práticas, talvez. As artistas, responsáveis pela ética, professoras – garotas desse tipo.

Terry ficou reduzido a um grupo bastante combativo: mentes ansiosas, lógicas, inquisitivas, pouco sensíveis... O tipo de que ele menos gostava. Eu, de minha parte, fiquei muito convencido com minha popularidade em geral.

Terry ficou enfurecido. Mas não podia me culpar.

– Garotas! – ele soltou quando a noite tinha acabado e estávamos sozinhos. – Chamar aquilo de *garotas*!

– Achei-as encantadoras – disse Jeff, com seus olhos azuis sonhadores bastante satisfeitos.

– Do que *você* as chamaria? – perguntei com suavidade.

– Garotos! A maioria não passa de garotos. Um grupo pouco amigável e desagradável. Jovens críticas e impertinentes. Não têm nada de garotas!

Ele estava irritado e sendo severo demais, além de sentir certa inveja, penso. Depois, quando descobriu do que era que não gostavam, mudou seus modos e passou a se dar melhor com elas. Era preciso. Porque, apesar das críticas, eram garotas – e mais ainda: eram todas as garotas que havia! Inclusive aquelas três que já conhecíamos e pudemos rever.

Quanto aos namoros, que logo aconteceram, tenho mais facilidade de descrever o meu, embora não deseje me expor. Mas ouvi algo de Jeff, inclinado a se demorar, reverente e encantado, no seu sentimento exaltado e na perfeição sem limites de sua Celis; e Terry fez tantas tentativas frustradas e sofreu tantas rejeições que, quando finalmente se entendeu com Alima, tinha aprendido muita coisa. Não era, porém, uma maré tranquila. Eles brigavam o tempo todo; Terry corria para se consolar com outra beldade, que não se interessava por ele, então voltava para Alima, cada vez mais devotado a ela.

Alima nunca cedia. Ela era uma criatura grande e bonita, excepcionalmente forte mesmo entre aquelas mulheres, com um rosto orgulhoso e sobrancelhas niveladas que se estendiam sobre seus olhos escuros e ansiosos como as asas abertas de um falcão alçando voo.

Eu era muito amigo de todas elas, mas me dava melhor com Ellador. Esse sentimento acabou mudando, para nós dois.

Com ela e com Somel, que falava muito abertamente comigo, compreendi pelo menos um pouco da perspectiva daquelas mulheres em relação a nós.

Ali estavam elas, isoladas, felizes, satisfeitas, até que o motor do nosso biplano zumbiu atravessando o céu sobre suas cabeças.

Todas o tinham ouvido e visto, por quilômetros e quilômetros. A notícia se espalhou por todo o país, e um conselho se reuniu em cada cidade e vilarejo.

Sua determinação imediata foi a seguinte:

– São de outro país. Provavelmente homens. Com certeza bem civilizados. Devem possuir muito conhecimento valioso. Podem ser perigosos. Vamos capturá-los, se possível; domesticá-los e treiná-los, se necessário. Pode ser uma chance de restabelecer os dois sexos entre nosso povo.

Não tinham medo de nós. Três milhões de mulheres altamente inteligentes – ou dois milhões, contando apenas as adultas – não precisavam temer três jovens. Pensávamos nelas como "mulheres" e, portanto, julgávamos que eram assustadiças; mas fazia dois mil anos que não havia o que temer, e certamente mais de mil que o medo fora esquecido.

Pensamos – ou pelo menos Terry pensou – que poderíamos escolher qualquer uma delas. Elas pensaram, enxergando de forma precavida lá na frente, em escolher a gente, caso parecesse sábio.

Durante todo o nosso treinamento, elas nos estudaram, analisaram, prepararam relatórios sobre nós. Essas informações foram disseminadas por todo o país.

Todas as garotas da Terra das Mulheres estavam aprendendo fazia meses tudo o que podiam reunir sobre nosso país, nossa cultura, nosso caráter. Não era de surpreender que suas perguntas fossem difíceis de responder. Mas, sinto muito em dizer, quando por fim fomos exibidos (odeio usar essa palavra, mas se tratava disso) publicamente, não houve nenhuma pressa em nos disputar. Ali estava o pobre e velho Terry, imaginando com carinho que enfim estaria livre para passear por um "jardim de garotas", mas vejam só! Eram as flores que nos avaliavam e estudavam.

Estavam interessadas, profundamente interessadas, mas não era o tipo de interesse que procurávamos.

Para se ter uma ideia de sua atitude, é preciso ter em mente seu alto nível de solidariedade. Não estavam cada uma escolhendo um amante; não tinham a mais vaga noção do amor – no sentido sexual, quero dizer. Para aquelas garotas, a maternidade era a máxima ambição, uma maternidade exaltada principalmente como uma função pessoal, vista como o maior serviço social, como a consagração de uma vida; agora, essas mesmas garotas estavam frente a frente com uma oportunidade de dar o último passo para mudar sua posição, para voltar à sua situação passada de uma civilização com dois sexos.

Além desse ponto fundamental, havia o interesse e a curiosidade ilimitados pela nossa civilização, totalmente impessoais, mantidos por um espírito que nos reduzia a aprendizes.

Não era de surpreender que nossas palestras não fossem um sucesso; e que os nossos avanços, ou pelo menos os avanços de Terry, não fossem bem recebidos. A razão para meu sucesso comparativo estava longe de ser motivo de orgulho para mim.

– Gostamos mais de você porque é mais parecido conosco – Somel me explicou.

"Mais parecido com um bando de mulheres!", pensei com desgosto, então me lembrei de quão pouco parecidas com "mulheres" no sentido tradicional elas eram. Somel sorriu para mim, lendo meus pensamentos.

– Sabemos que, para vocês, não parecemos mulheres. É claro que em uma sociedade com dois sexos as diferenças devem se intensificar. Mas certamente há diversas características que pertencem às pessoas de modo geral, não? É nesse sentido que digo que você é mais parecido conosco. Com nosso povo. Todas nós nos sentimos confortáveis com você.

O que prejudicava Jeff eram seus galanteios exagerados. Ele idealizava as mulheres, sempre procurando uma chance de "protegê-las" ou "servi-las". Mas elas não precisavam de protetores nem de serviçais. Viviam em paz e com fartura; éramos seus convidados, seus prisioneiros, absolutamente dependentes delas.

É claro que poderíamos prometer todo tipo de vantagens se viessem ao nosso país; mas, quanto mais sabíamos delas, menos nos vangloriávamos.

As joias e quinquilharias de Terry não passavam de curiosidades para elas. As mulheres as passavam de mão em mão, avaliando como haviam sido feitas, sem se importar com seu valor; e não discutiam de quem seriam, mas em que museus iriam colocá-las.

Quando um homem não tem nada a dar a uma mulher, depende apenas de seus atrativos pessoais, e suas possibilidades ficam limitadas.

Elas consideravam duas coisas: a conveniência de fazer a "grande mudança"; e o grau de adaptabilidade pessoal que melhor serviria a esse objetivo.

Aqui tínhamos a vantagem de nossa pequena experiência pessoal com as três garotas que encontráramos nas árvores, o que nos aproximou.

Quanto a Ellador, imagine chegar a uma terra estranha e considerá-la agradável o bastante, mais agradável até do que o normal. Então você descobre ricas fazendas, pomares, belos jardins, palácios cheios de tesouros raros e curiosos, incalculáveis, sem fim, e montanhas como o Himalaia, e o mar.

Gostei dela desde o dia em que se balançou no galho acima de nós e informou o nome delas três. Pensei mais nela que nas outras. Acabamos nos aproximando quando nos vimos pela terceira vez, e mantivemos a amizade. Enquanto a devoção exacerbada de Jeff intrigava Celis, reduzindo a felicidade deles, enquanto Terry e Alima brigavam e se distanciavam, para depois se reaproximarem e se separarem, Ellador e eu nos tornamos grandes amigos.

Conversávamos e conversávamos. Fazíamos longas caminhadas juntos. Ela me mostrou coisas, explicou, aprofundou-se no que eu não entendia. Por meio de sua inteligência solidária, comecei a compreender mais e mais o espírito das mulheres que formavam aquela sociedade, e passei a apreciar mais e mais seu maravilhoso crescimento interior e sua busca por perfeição.

Deixei de me sentir um estrangeiro, um prisioneiro. Tinha uma sensação de compreensão, identidade, propósito. Discutíamos tudo. E, conforme viajei para cada vez mais longe, explorando sua alma rica e doce, a agradável amizade se tornou um amplo alicerce para uma combinação de sentimentos tão elevada, tão ampla, tão interconectada que me deixou cego de maravilhamento.

Como eu disse, nunca tinha me importado muito com as mulheres nem elas comigo – pelo menos, não do modo como Terry se importava. Mas Ellador...

A princípio, eu nem pensava nela "daquele jeito", como uma garota. Não tinha chegado ao país com intenções de montar um harém, tampouco era devotado às mulheres como Jeff. Só gostava dela como "uma amiga", como dizemos. Mas a amizade cresceu como uma árvore. Ela era *tão* divertida! Fazíamos todo tipo de coisa juntos. Ensinávamos jogos um ao outro, corríamos, remávamos e desfrutávamos, no mais pleno companheirismo.

Então, conforme me aprofundei, os palácios, os tesouros e as cadeias de montanhas nevadas se abriram. Nunca imaginei que pudesse haver um ser humano do tipo. Tão... grande. Não estou falando de talento. Ela era silvicultora, e uma das melhores na área, mas não é nesse sentido que falo. Quando digo *grande*, refiro-me a tamanho. Se conhecesse mais daquelas mulheres, com a mesma intimidade, talvez não a achasse tão única; mas, mesmo entre as outras, ela era nobre. Sua mãe era uma Mãe Superior; assim como sua avó, fiquei sabendo depois.

Ela me contou mais e mais sobre seu belo país; e eu contei tanto quanto – sim, mais do que eu queria contar – sobre o meu. Tornamo-nos inseparáveis. Então veio um reconhecimento mais profundo, e ele cresceu. Senti minha própria alma se levantar e abrir asas, por assim dizer. A vida pareceu mais ampla. Era como se eu entendesse como nunca havia entendido, como se pudesse *fazer* coisas, como se eu também pudesse crescer, se ela me ajudasse. Então veio, para nós dois, de uma vez só.

Em um dia qualquer, nos limites do mundo, do mundo delas. Nós dois estávamos olhando para a floresta lá embaixo, diminuída pela distância, falando do céu, da terra e da vida humana, da minha terra e de outras terras, do que precisavam e do que eu esperava fazer por elas...

– Se me ajudar... – eu disse.

Ela se virou para mim, com aquela sua expressão doce e elevada. Enquanto seus olhos descansavam nos meus, assim como suas mãos, de repente explodiu entre nós uma glória mais ampla, instantânea, esmagadora, e explicá-la está muito além da minha capacidade.

Celis era uma pessoa azul, dourada e rosa; Alima, preta, branca e vermelha, de uma beleza estonteante. Ellador era marrom, com o cabelo escuro e macio, como a pele de uma foca; sua pele era morena com um tom avermelhado; seus olhos eram castanhos, parecendo variar do topázio ao veludo preto. As três eram garotas esplêndidas.

Elas tinham nos visto primeiro, no lago lá embaixo, e espalharam a notícia por sua terra antes mesmo de nosso primeiro voo exploratório. Tinham nos visto aterrissar, acompanhando-nos floresta adentro, escondidas naquela árvore. Desconfio até que tenham rido de propósito.

Tinham vigiado nosso avião coberto, revezando-se; e, quando nossa fuga foi anunciada, haviam nos acompanhado por um ou dois dias, aparecendo no último, como descrevi. Sentiam que tinham certo direito sobre nós: chamavam-nos de "seus homens"; e, quando estávamos livres para estudar a terra e o povo, além de sermos estudados por aquelas mulheres, seu direito foi reconhecido pelas sábias líderes.

Mas eu senti, e todos nós sentimos, que as teríamos escolhido entre milhões, infalivelmente.

Ainda que o caminho do amor verdadeiro nunca tenha sido fácil, o período de namoro foi repleto das mais insuspeitas armadilhas.

Escrevendo isto tão tarde quanto escrevo, depois de diversas experiências tanto na Terra das Mulheres quanto, depois, em minha própria terra, posso agora entender e filosofar sobre o que foi então; era um assombro contínuo e uma tragédia temporária.

O que leva à maior parte dos namoros é a atração sexual, é claro. Depois a atração se transforma em companheirismo, conforme os temperamentos envolvidos o permitam. Então, após o casamento, ou se estabelece uma amizade com base sólida que se desenvolve lentamente – a mais profunda, doce e suave das relações, iluminada e aquecida pela recorrente chama do amor –, ou o processo é reverso: o amor esfria e esvanece, não vem a amizade, e toda a relação se transforma de algo belo em cinzas.

Lá, tudo era diferente. Não havia o componente sexual na atração, ou ele era praticamente nulo. Dois mil anos deixaram nelas bem poucos instintos nesse sentido; também devemos lembrar que, àquelas que às vezes o manifestavam como uma exceção atávica, era por esse mesmo motivo negada a maternidade.

No entanto, enquanto o processo maternal se mantinha, o mesmo acontecia com o motivo inerente para a distinção entre os sexos; e quem pode dizer que sentimento havia muito esquecido, vago e não nomeado foi despertado no coração daquelas mães com nossa chegada?

O que nos deixava ainda mais à deriva em nossa abordagem era a falta de qualquer tradição sexual. Não havia nenhum padrão aceito para o que era "masculino" e o que era "feminino".

Quando Jeff, pegando o cesto de fruta de sua amada, disse que "uma mulher não deve ter que carregar nada", Celis retrucou honestamente assombrada:

– Por quê?

Não conseguíamos olhar aquela jovem veloz e de ombros largos nos olhos e dizer: "Porque mulheres são mais fracas". Pois ela não era. Ninguém chama um cavalo de corrida de fraco por não ser um cavalo de carga.

Então ele respondeu, de modo insatisfatório, que as mulheres não tinham sido feitas para o trabalho pesado.

Ela olhou para os campos, onde algumas mulheres trabalhavam, construindo uma parede com grandes pedras; olhou para a cidade mais próxima, com casas construídas por elas; para a estrada lisa e firme pela qual estávamos andando; então, para a cestinha que ele havia tirado de suas mãos.

– Não entendo – Celis disse com doçura. – As mulheres em seu país são tão fracas que não conseguem nem carregar esse tipo de coisa?

– É uma convenção – Jeff explicou. – Assumimos que a maternidade é um fardo pesado por si só, de modo que os homens devem carregar todos os outros.

– Que belo sentimento! – ela disse, com os olhos azuis brilhando.

– Funciona? – Alima perguntou de seu modo interessado e ligeiro. – Os homens de todos os países carregam tudo? Ou só os do país de vocês?

– Não seja tão literal – Terry pediu, com preguiça. – Por acaso não gostam de ser veneradas e atendidas? Gostamos de fazer isso.

– Mas não gostam que o façamos por vocês – ela retrucou.

– É diferente – ele disse, irritado.

Quando ela perguntou por quê, ele perdeu a paciência:

– Van é que é o filósofo.

Ellador e eu conversávamos a respeito, de modo que estávamos mais preparados quando chegou a hora do verdadeiro milagre. Também procuramos deixar as coisas mais claras entre Jeff e Celis. Mas Terry não ouvia a razão.

Ele estava loucamente apaixonado por Alima. Queria possuí-la, e quase a perdeu para sempre.

Vejam, se um homem ama uma mulher que é em primeiro lugar jovem e inexperiente e, em segundo lugar, educada pela tradição dos homens das cavernas, com um pouco de poesia e romance, e muito da esperança e do interesse centrados no "evento" – e que, acima de tudo, não tem nenhuma outra esperança ou interesse digno de nota –, bem, é comparativamente fácil fazê-la perder o chão com um ataque impetuoso. Terry era especialista naquilo. Tentou fazer o mesmo ali, mas Alima ficou tão ofendida, teve tanta repulsa, que demorou semanas para que ele conseguisse se aproximar o bastante para tentar de novo.

Quanto maior a frieza dela ao negá-lo, maior era a determinação de Terry; não estava acostumado à recusa. Ela dispensava a abordagem elogiosa com uma risada, com presentes e várias "atenções" que não éramos capazes de suportar; comiserações e queixas de crueldade só provocavam perguntas racionais. Terry precisou de muito tempo.

Duvido que Alima tenha aceitado seu amante tão completamente como aconteceu com Celis e Ellador. Terry a tinha ferido e ofendido com demasiada frequência; ela tinha reservas.

Contudo, acho que Alima ainda tinha um vago vestígio do sentimento ancestral que fez Terry parecer mais apropriado para ela do que para as outras; tinha se resolvido a fazer aquela experiência e odiava renunciar a ela.

De qualquer modo, nós três chegamos a um entendimento e, solenemente, encaramos o que era para elas um passo de extrema importância, uma questão grave e uma grande alegria; para nós, era uma estranha e nova felicidade.

Do casamento enquanto cerimônia elas não sabiam nada. Jeff era a favor de trazê-las ao nosso país para as cerimônias civil e religiosa, mas nem Celis, nem as outras aceitaram.

– Não podemos esperar que elas queiram ir conosco. Ainda não – disse-nos Terry, sagaz. – Aguardem um pouco. Temos de levá-las em seus próprios termos. Ou nem levar. – Tal conclusão se devia em parte às suas inúmeras tentativas fracassadas com Alima. – Mas nossa hora está chegando – ele acrescentou, animado. – Essas mulheres nunca foram dominadas, entendem? – Terry disse isso como se tivesse feito uma descoberta.

– É melhor não tentar vir com ideias de dominação se quer ter alguma chance – falei, sério.

Ele só riu, concluindo:

– Cada macaco no seu galho!

Não havia o que fazer com ele. Terry teria de provar de seu próprio veneno.

Se a ausência de tradição em termos de namoro nos deixara à deriva nesse sentido, ficamos ainda mais atrapalhados com a falta de tradição matrimonial.

De novo, tenho de me basear em experiências posteriores e em todo o meu conhecimento de sua cultura para explicar as enormes diferenças entre nós.

Dois mil anos de cultura sem homem. Antes disso, somente a tradição do harém. Elas não tinham nada análogo à nossa ideia de "lar" ou de "família".

Nutriam um afeto praticamente universal umas pelas outras, estabelecendo amizades fortes e inquebrantáveis, dedicando sua devoção ao seu país e ao seu povo de uma maneira que nosso termo "patriotismo"não é suficiente para definir.

O patriotismo em si é compatível com a existência de interesses nacionais negligenciados, desonestidade, uma indiferença fria ao sofrimento de milhões. Patriotismo é em grande parte orgulho e combatividade. O patriotismo em geral envolve sentimentos de superioridade e inferioridade.

Aquele país não tinha nenhum outro com que se comparar, a não ser pelos poucos selvagens lá embaixo, com quem não tinham contato.

Elas o amavam porque era seu berçário, seu parque, sua oficina – delas e de suas filhas. Tinham orgulho dele como oficina, orgulho de sua eficiência sempre crescente; tinham montado belos jardins, uma versão prática do paraíso; mas, acima de tudo, elas valorizavam aquilo como o ambiente cultural onde as crianças cresceriam, o que, para nós, era difícil de entender.

Esse, na realidade, é o ponto principal de diferenciação: as crianças.

Desde as primeiras mães da raça, extremamente protegidas e quase veneradas, e por toda a sua linhagem, elas tinham o pensamento dominante de desenvolver ao máximo a raça através das crianças.

Toda a devoção redentora que nossas mulheres punham em sua própria família, aquelas mulheres punham em seu país e em seu povo. Toda a lealdade e a assistência que os homens esperam das mulheres, elas davam não a um único homem, mas uma à outra, coletivamente.

O instinto materno, entre nós tão dolorosamente intenso, tão frustrado pelas circunstâncias, tão concentrado em uma devoção pessoal para algumas poucas, tão amargamente atingido pela morte, pela doença, pela esterilidade e até pelo próprio crescimento das crianças, deixando a mãe sozinha no ninho vazio, todo esse sentimento entre elas fluía em uma corrente forte, ampla, inquebrável, ao longo de gerações, aprofundando-se e ampliando-se através dos anos, incluindo todas as crianças em toda a terra.

Com seu poder e sua sabedoria combinados, elas haviam estudado e superado as "doenças da infância" – suas filhas não sofriam de nenhuma delas.

Tinham encarado os problemas de educação e os resolvido, de modo que suas filhas cresciam com tanta naturalidade quanto as árvores; aprendiam por meio de todos os sentidos; ensinadas consciente e inconscientemente, sem nunca saber que estavam sendo educadas.

De fato, elas não usavam a palavra como nós. Sua ideia de educação era o treinamento especial que tinham, quando já eram maiores, com especialistas. Então as mentes jovens e ávidas debruçavam-se sobre os temas preferidos, aprendendo seu ofício com uma facilidade, uma amplitude e uma devoção que nunca deixavam de me surpreender.

Mas as bebês e as meninas nunca sentiam a pressão do "desenvolvimento forçado" da mente chamado "educação". Falarei mais disso adiante.

9. NOSSAS RELAÇÕES E AS DELAS

O que estou tentando mostrar aqui é que, entre aquelas mulheres, tudo contava em seu relacionamento com a vida: o esforço alegre e ávido para se juntar às atividades profissionais que mais lhes interessavam; sua profunda reverência à mãe (profunda demais para que pudessem falar livremente dela); a irmandade amplamente difundida; o esplêndido serviço prestado ao país; e as amizades.

Chegamos àquelas mulheres cheios de ideias, convicções, tradições, marcados por nossa cultura, pretendendo despertar nelas emoções que nos pareciam apropriadas.

Entretanto, o sentimento sexual que havia entre nós na mente delas se expressava em termos de amizade, o único amor puramente pessoal que conheciam, e de familiaridade. Dava para ver que não éramos mães, crianças ou compatriotas; então, se nos amavam, devíamos ser amigos.

Que formaríamos pares durante o namoro era natural para elas; que nós três nos mantivéssemos juntos, como elas três se mantinham, também era. Não tínhamos trabalho a fazer, então as acompanhávamos em suas tarefas na floresta, o que era natural também.

Quando, porém, começamos a falar sobre cada casal ter um "lar" próprio, elas não conseguiram entender.

– Nosso trabalho nos leva pelo país inteiro – Celis explicou. – Não podemos viver em um único lugar o tempo todo.

– Estamos juntos agora – argumentou Alima, olhando orgulhosa para a robustez de Terry, ao seu lado. (Naquele momento, eles estavam bem, mas logo iriam brigar de novo.)

– Não é a mesma coisa – ele insistiu. – Um homem quer casa própria, onde a esposa e os filhos possam ficar.

– Ficar? O tempo inteiro? – Ellador perguntou. – Não aprisionadas, é claro!

– É claro que não! Eles vivem ali com naturalidade – ele respondeu.

– E o que a esposa faz lá? – Alima perguntou. – Qual é o trabalho dela?

Terry explicou de novo, com toda a paciência, que nossas mulheres não trabalhavam, com algumas exceções.

– Mas o que elas fazem se não trabalham? – ela insistiu.

– Cuidam da casa e das crianças.

– Ao mesmo tempo? – Ellador perguntou.

– Ora, sim. As crianças ficam brincando, e a mãe controla tudo. Também há criados, é claro.

Aquilo parecia tão óbvio, tão natural para Terry, que ele quase perdeu a paciência; mas as garotas estavam realmente ansiosas para entender.

– Quantos filhos as mulheres têm no país de vocês? – Alima havia pegado seu bloco de notas e aguardava nossa resposta, concentrada.

Terry começou a se atrapalhar.

– Não há um número certo, querida – ele explicou. – Algumas têm mais, outras menos.

– Outras não têm nenhum – acrescentei, com más intenções.

Elas refletiram sobre minha admissão e logo arrancaram de nós o fato de que as mulheres que tinham mais filhos tinham menos criados, e as que tinham mais criados tinham menos filhos.

– Muito bem! – exclamou Alima, triunfante. – Um, dois ou nenhum filho, três ou quatro criadas. Então o que essas mulheres *fazem*?

Explicamos tão bem quanto podíamos. Falamos em "deveres sociais", sabendo que não interpretavam as palavras da mesma maneira que nós; falamos de hospitalidade, entretenimento, inúmeros "interesses", o tempo todo cientes de que, para aquelas mulheres de mente afiada, que consideravam tudo na coletividade, as limitações da vida pessoal eram inconcebíveis.

– Não conseguimos entender, não de verdade – Ellador concluiu. – Somos apenas meio povo. Temos nossos modos de mulher, e eles têm seus modos de homem e dos dois sexos. Desenvolvemos um sistema social que é limitado, é claro. Eles devem ter um mais amplo, mais rico, melhor. Gostaria de ver como é.

– Você vai, minha querida – sussurrei.

– Não há fumo – reclamou Terry. Ele estava em meio a uma prolongada discussão com Alima e precisava de um sedativo. – Não há bebida. Essas abençoadas mulheres não têm vícios prazerosos. Queria poder sair daqui!

Seu desejo era vão. Estávamos sempre sujeitos a certo grau de vigia. Quando Terry saía à rua durante a noite para vagabundear, encontrava "coronéis" aqui e ali; quando, em uma ocasião de desespero atroz, embora temporário, debruçou-se sobre o penhasco com uma vaga ideia de escapar, logo se viu rodeado de mulheres. Éramos livres, mas estávamos na coleira.

– Nem vícios desagradáveis – Jeff o lembrou.

– Queria que tivessem! – Terry insistiu. – Elas não têm os vícios dos homens, tampouco as virtudes das mulheres. São neutras!

– Você não é tão tolo assim. Pare de falar bobagem – eu disse com severidade.

Eu estava pensando nos olhos de Ellador quando ela me dirigiu certo olhar, sem que o notasse.

Jeff também se inflamou:

– Não sei que "virtudes femininas" acredita que faltem a elas. Parece-me que têm todas.

– Elas não têm modéstia – Terry retrucou. – Não têm paciência, não são submissas, não têm nada da docilidade natural que é o maior charme da mulher.

Balancei a cabeça, com pena.

– Vá se desculpar e fazer as pazes, Terry – eu disse. – Você está de mau humor, só isso. Essas mulheres têm a virtude da humanidade, com menos falhas que quaisquer outras pessoas que já vi. Quanto à paciência, teriam nos lançado do penhasco no dia em que aparecemos, se não a tivessem.

– Não há... distrações – ele murmurou. – Nenhum lugar aonde um homem possa ir para relaxar um pouquinho. É uma sala de estar e um berçário eternos.

– E uma oficina – acrescentei. – E uma escola, um escritório, um laboratório, um estúdio, um teatro, um lar.

– *Lar*! – ele desdenhou. – Não há um único lar neste lugar digno de pena.

– Todo o país é um lar, e você sabe disso – Jeff retrucou com ardor. – Nunca vi, nunca sonhei com uma paz tão universal, com tanta afeição mútua e boa vontade.

– Ah, sim, é claro. Se você gosta de viver perpetuamente na escola dominical está ótimo. Mas gosto de fazer coisas. Aqui já está tudo feito.

Havia algo naquelas críticas. Os anos de pioneirismo tinham ficado para trás. As dificuldades iniciais da civilização tinham sido superadas. A paz imperturbada, a fartura sem medidas, a saúde estável, a enorme boa vontade e o gerenciamento tranquilo que ordenavam tudo não deixavam nada para ser conquistado. Era como uma família agradável em uma casa de campo antiga, estabelecida e perfeitamente administrada.

Eu gostava daquilo, por conta de meu interesse ávido e contínuo nas conquistas sociológicas envolvidas. Jeff gostava daquilo, porque gostaria de ter uma família do tipo em qualquer outro lugar.

Terry não gostava, porque não tinha nada a que se opor, contra que lutar, a conquistar.

– A vida é uma batalha, tem de ser – ele insistiu. – Sem luta, não há vida. É isso.

– Você está falando bobagens. Bobagens masculinas – o pacífico Jeff retrucou. Ele era um árduo defensor da Terra das Mulheres. – Formigas não constroem maravilhas com luta. Nem as abelhas.

– Ora, se você quiser voltar a ser um inseto e morar em um formigueiro... Mas garanto que seres vivos mais complexos são motivados pela luta, pelo combate. Não há drama aqui. Pense nas peças! Elas me deixam louco.

Naquele ponto ele estava certo. O teatro do país era bastante insosso para o nosso gosto. Faltava-lhe o tema do sexo e, por consequência, o ciúme. Não havia guerra com outras nações, não havia uma aristocracia ambiciosa, nenhuma oposição entre ricos e pobres.

Percebo agora que pouco falei sobre a economia do lugar; deveria tê-la explicado antes, mas continuarei falando do teatro.

Elas tinham seu próprio tipo. Havia um impressionante desfile cheio de pompa, procissões, uma espécie de ritual grandioso, com arte e religião misturados. Até as bebês participavam. Ver um de seus grandes festivais anuais, com as grandes mães marchando firme, as jovens corajosas e nobres, belas e fortes; e as crianças, participando com a mesma naturalidade com que as nossas cercariam uma árvore de Natal – tudo isso dava a impressão inevitável de uma vida alegre e triunfante.

Começaram em um período em que o teatro, a dança, a música, a religião e a educação estavam entrelaçados; em vez de desenvolvê-los em linhas separadas, mantiveram a conexão. Mais uma vez, vou tentar dar uma vaga noção das diferenças entre nossas visões de vida: o pano de fundo e a base sobre os quais a cultura delas reside.

Ellador me contou a respeito. Ela me levou para ver as crianças, as meninas, as tutoras. Pegou livros para mim. Parecia sempre entender o que eu queria saber, e como me dar aquilo de que precisava.

Enquanto Terry e Alima trocavam fagulhas e se separavam, ele loucamente atraído por ela, e ela loucamente atraída por ele – só podia ser, ou nunca toleraria o comportamento dele –, Ellador e eu tínhamos um sentimento profundo e tranquilo, como se sempre houvéssemos tido um ao outro. Jeff e Celis eram felizes, não havia dúvida; mas não parecia que se divertiam tanto quanto nós dois.

Bem, é assim que as crianças da Terra das Mulheres encaravam a vida, como Ellador tentou me explicar. Desde sua primeira lembrança, elas conheciam a paz, a beleza, a ordem, a segurança, o amor, a sabedoria, a justiça, a paciência e a plenitude. Com "plenitude", quero dizer que as bebês cresciam em um ambiente que supria suas necessidades, como filhotes de cervo crescendo em clareiras floridas ou prados cortados por um riacho. E gostavam daquilo tão franca e completamente quanto os filhotes de cervo.

Elas se encontravam em um mundo vasto, brilhante e adorável, repleto de coisas encantadoras e interessantes para aprender e fazer. As pessoas eram sempre amistosas e educadas. Nenhuma filha daquela terra deparava com a grosseria excessiva que frequentemente dirigimos às nossas crianças. Elas eram pessoas também, desde pequenas; o maior tesouro da nação.

A cada passo da enriquecedora experiência que era viver, descobriam que o assunto que estudavam se alargava mediante o contato com uma gama infinita de interesses comuns. Tudo o que aprendiam estava *relacionado*, desde o primeiro tópico; relacionado umas às outras e à prosperidade nacional.

– Foi uma mariposa que fez de mim uma silvicultora – Ellador disse. – Eu tinha cerca de onze anos quando encontrei uma, roxa e verde, pousada em uma flor. Peguei-a com cuidado, pelas asas fechadas, como tinham me ensinado, então a levei até a professora de insetos mais próxima.

Fiz uma anotação mental para me lembrar de perguntar o que era uma "professora de insetos".

– Perguntei a ela como chamava. A professora a pegou dos meus dedos com um gritinho de deleite. "Ah, criança abençoada", ela disse. "Você gosta de amêndoas?" Claro que eu gostava, então fiz que sim. É a semente mais gostosa que temos. "Estas mariposas estão quase extintas", ela contou. "Estamos tentando exterminá-las há séculos. Se você não tivesse pegado esta, ela poderia ter botado ovos o bastante para gerar lagartas que destruiriam milhares das nossas amendoeiras, milhares de fontes de sementes, causando anos e anos de problemas." Todos me agradeceram. Pediram que crianças em todo o país ficassem de olho naquela mariposa, caso houvesse mais alguma. Aprendi sobre a história da criatura, os danos que costumava causar e quanto nossas antepassadas tinham trabalhado para salvar aquelas árvores. Foi como se tivesse crescido muitos centímetros, e fiquei determinada a ser silvicultora.

Aquela era só uma diferença, mas ela me mostrou muitas outras. A principal era que, enquanto nossas crianças cresciam em suas próprias casas e em meio à família, com todo esforço feito para protegê-las e afastá-las do perigoso mundo, ali elas cresciam em um mundo amistoso e vasto, que reconheciam como seu, desde sempre.

A literatura infantil delas era maravilhosa. Eu poderia ter passado anos caçando as delicadas sutilezas, a simplicidade com que faziam aquele grande serviço à mente das crianças.

Temos dois ciclos de vida: o do homem e o da mulher. O do homem envolve crescimento, luta, conquista, o estabelecimento de uma família e tanto sucesso em termos de ganho ou ambição quanto possível. O da mulher envolve crescer, encontrar um marido, cumprir as atividades da vida familiar e os deveres "sociais" ou de caridade que sua posição permite.

Ali, havia apenas um ciclo, muito mais amplo.

A criança entrava em um vasto campo, no qual a maternidade era a principal contribuição pessoal para a vida nacional, e todo o resto os indivíduos compartilhavam em sua atividade comum. Toda garota com quem eu falava, desde que não fosse uma bebê, estava determinada e animada quanto ao que seria quando crescesse.

Terry queria dizer, ao mencionar que não havia "modéstia", que aquela visão ampla da vida não dava margem a dúvidas; elas tinham uma elevada noção de decoro pessoal, mas não tinham vergonha, pois não conheciam nada de que pudessem se envergonhar.

Mesmo suas deficiências e travessuras da infância nunca lhes eram apresentadas como pecados, mas como meros erros, tal como em um jogo. Algumas delas, que não tinham uma disposição tão boa quanto outras ou que possuíam falhas ou fraquezas de verdade, eram tratadas com uma alegre permissividade, como um grupo amistoso receberia alguém que jogasse mal.

A religião delas era maternal; sua ética era baseada na completa percepção da evolução, mostrando o princípio do crescimento e a beleza da cultura sábia. Não tinham teoria que tocasse na oposição essencial entre bem e mal; a vida para elas era crescimento; seu prazer estava nisso, assim como seu dever.

Com esse pano de fundo, com seu amor maternal sublimado, expresso em termos da mais vasta atividade social, cada aspecto de seu trabalho era modificado por seu efeito no crescimento nacional. Tinham deliberadamente simplificado a própria língua, tornando-a mais fácil e mais bonita, pelo bem das crianças.

Isso nos pareceu completamente incrível: primeiro, que qualquer nação tivesse a previdência, a força e a persistência de planejar e completar tal tarefa; segundo, que aquelas mulheres tivessem tanta iniciativa. Presumimos, como algo lógico, que elas não teriam nenhuma; que apenas os homens, com sua energia natural e sua inquietação com limitações, inventariam qualquer coisa.

Lá descobrimos que a pressão da vida sobre o ambiente desenvolve na mente humana reações inventivas, independentemente de sexo; e, mais ainda, que uma maternidade totalmente lúcida planeja e trabalha sem limites, pelo bem das crianças.

A partir da crença de que as crianças podiam nascer com tamanha magnificência e ser criadas em um ambiente calculado para permitir o crescimento mais livre e amplo, elas deliberadamente remodelaram e melhoraram todo o país.

Não quero de modo algum dizer que elas pararam nisso, como uma criança que parasse de evoluir na infância. A parte mais impressionante de sua cultura, além desse sistema perfeito de criação, era a gama de interesses e associações abertas a todas, a vida inteira. Mas foi no campo da literatura que elas mais me impressionaram a princípio, por sua literatura infantil.

Elas usavam a mesma gradação de histórias em versos simples e repetitivos com que estávamos familiarizados, e os mesmos contos criativos e refinados; mas, enquanto entre nós eles eram resquícios de mitos populares antigos e canções de ninar primitivas, entre elas eram o trabalho elaborado de grandes artistas; não apenas simples e infalíveis em seu apelo à mente infantil, mas *verdadeiros*, fiéis ao mundo à sua volta.

Sentar-se em um dos berçários por um dia mudava a forma de ver a infância para sempre. As mais novas, bolinhas rosadas nos braços das mães, ou dormindo leve ao doce cheiro de flores, pareciam absolutamente normais, a não ser pelo fato de que nunca choravam. Nunca ouvi uma criança chorar na Terra das Mulheres, com exceção de uma ou duas ocasiões, depois de uma queda feia; então as pessoas corriam para ajudar, como faríamos diante do grito de agonia de um adulto.

Cada mãe tinha seu ano de glória; o tempo de amar e aprender com sua bebê, vivendo junto dela, cuidando dela com afinco, geralmente durante dois anos ou mais. Aquela talvez fosse a razão para seu impressionante vigor.

Mas, depois disso, a mãe não ficava tão constantemente envolvida, a menos que aquele fosse seu trabalho de fato. Ela nunca ficava muito distante, no entanto, e sua atitude em relação às outras mães, cujos serviços de criação eram diretos e contínuos, era muito agradável de ver.

Quanto às bebês, grupos daquelas belezinhas nuas brincavam na grama aveludada, ou sobre tapetes, ou em piscinas rasas de água límpida, preenchendo tudo com seu riso alegre de criança. Era uma visão da felicidade infantil com que eu nunca havia sonhado.

As bebês eram criadas na parte mais quente do país, e gradualmente aclimatadas às altitudes conforme cresciam.

Crianças robustas de dez a doze anos brincavam na neve tão alegremente quanto as nossas; havia sempre excursões delas indo de uma parte do território para outra, de modo que o país inteiro era seu lar.

Era tudo delas, à espera de que aprendessem, amassem, usassem, servissem; como nossos garotinhos planejam ser "um grande soldado", "um caubói", ou o que quer que desejem, e nossas garotinhas planejam que tipo de casa pretendem ter, ou quantos filhos; as meninas daquela terra planejam, livre e alegremente, em meio a conversas animadas, o que fariam por seu país quando crescessem.

Foi a alegria ávida das crianças e das jovens que me fez ver a tolice de nossa crença de que, se a vida for fácil e simples, não somos capazes de desfrutar dela.

Enquanto estudava aquelas jovens vigorosas, felizes, dispostas e com um apetite pela vida, minhas ideias anteriores ficaram tão abaladas que nunca mais voltaram a se estabelecer. Uma saúde estável lhes fornecia todos os estímulos naturais que costumávamos chamar de "espírito animal", uma estranha contradição de termos. Elas se encontravam em um ambiente que lhes era simpático e interessante. Diante delas, estendiam-se os anos de aprendizagem e descoberta, o fascinante e infinito processo de educação.

Enquanto eu me debruçava sobre aqueles métodos para compará-los com os nossos, meu desconforto em relação à ideia de inferioridade da raça aumentou.

Ellador não conseguia entender meu espanto. Ela me explicou tudo com calma e paciência, mas um pouco surpresa por precisar fazer aquilo, e suas perguntas a respeito de como fazíamos me deixaram ainda mais submisso.

Fui até Somel um dia, sem Ellador. Não me importava de parecer tolo para ela, porque minha tutora já estava acostumada com aquilo.

– Preciso de ajuda – falei. – Você conhece todas as minhas tolices, mas não quero que Ellador as descubra. Ela pensa que sou sábio!

Somel sorriu, achando graça.

– É lindo ver esse amor que nasceu entre vocês. O país inteiro está de olho. Como posso ajudá-lo?

Eu não tinha pensado a respeito. Todo mundo gosta de observar um casal apaixonado, mas ter alguns milhões de pessoas vendo-o cortejar alguém (e com dificuldade) é embaraçoso.

– Conte-me sobre sua teoria da educação – pedi. – De um jeito curto e fácil. Para deixar claro o que me intriga, é preciso dizer que na nossa teoria há bastante destaque ao valor da dificuldade para a mente infantil; acreditamos que superar obstáculos é engrandecedor.

– Certamente – ela concordou, me surpreendendo. – Nossas crianças também fazem isso. Na verdade, adoram.

Aquilo me intrigou mais uma vez. Se amavam fazê-lo, como aquilo poderia ser educacional?

– Nossa teoria – ela prosseguiu com cuidado – é de que se trata de um jovem ser humano. A mente é algo tão natural quanto o corpo, algo que cresce para ser usado e desfrutado. Procuramos nutrir, estimular, exercitar a mente da criança tanto quanto o corpo. Há duas divisões principais em nossa educação, imagino que na de vocês também: existem as coisas que precisamos saber e as coisas que precisamos fazer.

– Fazer? Como exercícios mentais?

– Exatamente. O plano geral é: no que diz respeito a alimentar a mente, a fornecer informações, usamos nossos melhores poderes para encontrar o apetite natural de um cérebro jovem e saudável; não podemos exagerar na oferta, mas providenciamos a quantidade e a variedade certas de impressões que parecem mais adequadas a cada criança. Essa é a parte mais fácil. A outra divisão implica elaborar a série de exercícios que vai desenvolver melhor cada mente; as faculdades mentais que todos temos, e, com maior cuidado, as faculdades especiais que alguns de nós têm. Vocês também fazem isso, não?

– De certa forma – respondi sem muita convicção. – Não temos um sistema tão inteligente e altamente desenvolvido como o de vocês, nem de perto; mas me conte mais. Como fazem com as informações? Parece que todas sabem tudo. É isso mesmo?

Ela negou com uma risada.

– De modo algum. Como você em breve descobrirá, somos extremamente limitadas em nosso conhecimento. Queria que pudesse ver como o país está alvoroçado com tudo o que nos contou; o desejo que milhares de nós têm de ir ao seu país e aprender, aprender, aprender! Mas o que sabemos é imediatamente transformado em conhecimento comum e conhecimento especial. Aprendemos há muito tempo a infundir o conhecimento comum nas cabecinhas de nossas meninas, sem desperdiçar tempo nem forças; o conhecimento especial é aberto a todas que o desejam. Algumas de nós se especializam em uma única coisa. Mas a maioria se interessa por muitas, com o intuito de usar algumas no trabalho e outras em seu crescimento.

– Em seu crescimento?

– Sim. Quando uma pessoa se atém a um único tipo de trabalho, há uma tendência à atrofia nas partes do cérebro que não são usadas. Por isso sempre procuramos aprender.

– E o que vocês estudam?

– Tudo o que podemos, das mais diferentes ciências. Dentro dos nossos limites, temos um bom conhecimento de anatomia, fisiologia, nutrição... Tudo o que se relacione a uma vida pessoal bela e plena. Sabemos o básico de botânica, química e afins, e nos interessamos pelo tema. Além de história e da psicologia que advém dela.

– Vocês relacionam psicologia com história, e não com vida pessoal?

– Claro. Ela faz parte de nós, está entre nós e ao nosso redor, e muda com o passar e o avanço das gerações. Trabalhamos com cuidado para desenvolver todo o nosso povo nesse sentido. É um trabalho glorioso, esplêndido! Ver milhares de bebês se desenvolvendo, mostrando uma mente mais forte e clara, uma disposição melhor, habilidades mais desenvolvidas... Não é assim em seu país?

Evitei responder. Pensei na triste afirmação de que a alma humana não era melhor agora do que quando éramos selvagens, só estava mais bem informada – embora nunca tivesse acreditado nela.

– Nós nos esforçamos mais em dois campos – Somel continuou. – Os dois que nos parecem mais necessários para uma vida honrosa: um julgamento claro e abrangente e uma força de vontade bem utilizada. Nossos maiores esforços, na infância e na juventude, são concentrados em desenvolver essas faculdades: o julgamento individual e a força de vontade.

– Como parte do seu sistema educacional, você quer dizer?

– Exatamente. Como a parte mais valiosa. Com as bebês, como deve ter notado, providenciamos antes de tudo um ambiente que nutre a mente sem cansá-la; depois é tudo uma questão de coisas simples e interessantes a fazer, a partir da idade certa; as propriedades físicas, é claro, vêm antes. Mas, assim que possível, com muito cuidado, para não viciar a mente, oferecemos escolhas, escolhas simples, com causas e consequências bem óbvias. Já reparou nos jogos?

Eu tinha reparado. As crianças sempre pareciam estar jogando alguma coisa, ou então estavam envolvidas em pesquisas individuais. A princípio, eu havia me perguntado quando iriam para a escola, então descobri que nunca iam. Tudo dizia respeito à educação, mas não havia escola.

– Estamos trabalhando há mil e seiscentos anos no desenvolvimento de jogos cada vez melhores para as meninas – Somel prosseguiu.

Fiquei embasbacado.

– Desenvolvimento de jogos? – repeti. – Na criação de novos, você quer dizer?

– Exatamente – ela respondeu. – Vocês não fazem o mesmo?

Lembrei-me do jardim de infância, do "material" fornecido pela sra. Montessori e prontamente copiado.

– Mais ou menos.

Então lhe contei que a maior parte de nossos jogos era velha: passando de criança a criança, por gerações, desde o passado remoto.

– E qual é o efeito deles? – ela perguntou. – Desenvolvem as faculdades que desejam encorajar?

Mais uma vez, recordei-me dos argumentos dos defensores dos "esportes", e mais uma vez retruquei com cautela que, teoricamente, isso era parte do objetivo.

– Mas as crianças *gostam*? – perguntei. – De ter coisas planejadas e colocadas à disposição desse jeito? Não preferem os jogos antigos?

– Você já viu as meninas – ela respondeu. – Acha que as do seu país são mais satisfeitas, mais interessantes, mais felizes?

Pensei, como nunca havia pensado antes, nas crianças entediadas e aborrecidas que eu via reclamando; perguntando: "O que eu faço agora?"; nos grupinhos que se reuniam; no valor de um espírito forte, que tivesse a iniciativa de "começar alguma coisa"; nas festinhas infantis e nos onerosos deveres das pessoas mais velhas que precisavam "entretê-las"; e no oceano conturbado de atividades mal direcionadas consideradas "traquinagem", nas tolices, no aspecto destrutivo e às vezes cruel que tomava conta de crianças desocupadas.

– Não – eu disse, com tristeza. – Não acho que sejam.

As crianças da Terra das Mulheres não apenas nasciam em um mundo cuidadosamente preparado, cheio dos mais fascinantes materiais e oportunidades de adquirir conhecimento, mas em uma sociedade com inúmeras professoras, com treinamento e talento para tal, cujo trabalho era acompanhá-las ao longo do que, para nós, parecia algo impossível: a estrada verdadeira para o aprendizado.

Não havia mistério nos métodos delas. Sendo adaptados às crianças, eram compreensíveis aos adultos. Passei muitos dias com as pequenas, às vezes acompanhado de Ellador, às vezes não, e comecei a sentir uma pena esmagadora de minha própria infância e daquela das pessoas que eu conhecia.

As casas e os jardins planejados para as bebês não tinham nada que pudessem ocasionar acidentes: escadas, cantos pontiagudos, objetos pequenos que pudessem ser engolidos, fogo. Eram o paraíso das bebês. As crianças eram ensinadas, tão rápido quanto possível, a usar e controlar o próprio corpo – e nunca vi coisinhas tão seguras em seus passos, com mãos tão firmes, com a cabeça tão clara. Era uma alegria ver uma fileira de pequeninas aprendendo a andar, não apenas no nível do chão, mas, pouco depois, em uma espécie de elástico grosso a alguns centímetros da grama macia ou de tapetes grossos, então caindo com gritinhos de alegria infantil, só para correr até o fim da fila e tentar de novo. É claro que tínhamos notado como as nossas crianças amavam subir em qualquer lugar e se esgueirar por ele! Mas nunca tínhamos pensado em providenciar uma forma tão simples e incansável de diversão e educação física para a juventude.

Elas tinham água, é claro, e aprendiam a nadar antes mesmo de saber andar. Se a princípio eu temia os efeitos de um sistema cultural muito intensivo, meu medo se dissipou depois de ver os longos dias de sol de pura alegria física e sono tranquilo em que aquelas bebês celestiais passavam seus primeiros anos. Nem sabiam que estavam sendo educadas. Não sonhavam que a associação de experimentos e conquistas estabelecia as bases daquele belo sentimento de grupo ao qual cresciam tão apegadas com o passar dos anos. Era a educação para a cidadania.

10. A RELIGIÃO DELAS E O NOSSO CASAMENTO

Levei bastante tempo, como homem, estrangeiro e uma espécie de cristão (o que eu era tanto quanto qualquer outra coisa), para compreender a religião da Terra das Mulheres.

O endeusamento da maternidade era óbvio; mas havia muito mais do que aquilo – ou, pelo menos, do que minha interpretação inicial daquilo.

Acho que foi apenas quando comecei a amar Ellador mais do que pensava que se podia amar outra pessoa, quando realmente passei a apreciar sua forma de pensar e seu estado de espírito, que comecei a ter um vislumbre da fé delas.

Quando perguntei a respeito, Ellador tentou me explicar. Vendo-me em dificuldades, ela me perguntou sobre nós. Ela logo descobriu que tínhamos muitas religiões, que variavam bastante mas possuíam alguns pontos em comum. Minha Ellador tinha uma mente luminosa e metódica, não apenas racional, mas muito perceptiva.

Ela fez uma espécie de tabela, comparando nossas diferentes religiões enquanto eu as descrevia, com uma visão geral de cada uma delas, como se mostravam; a base comum era o poder ou poderes dominantes e uma espécie de comportamento particular que era exigido para agradar ou destruir a maior parte dos tabus. Havia alguns traços comuns a certos grupos religiosos, mas os únicos que estavam sempre presentes eram o poder e aquilo que precisava ser feito ou que era proibido por causa dele. Não foi difícil traçar a imagem humana da força divina com base nos sucessivos estágios de deuses sanguinários, sensuais, orgulhosos e cruéis dos tempos antigos até chegar à concepção de um Pai de todos e seu corolário da irmandade plena.

Isso lhe agradou muito. Quando versei sobre a onisciência, onipotência e onipresença de nosso Deus, e do amor e da bondade de que seu filho foi exemplo, Ellador ficou bastante impressionada.

A história da concepção imaculada não causou nenhum espanto, é claro, mas Ellador ficou muito intrigada com o sacrifício e, ainda mais, com o diabo e a teoria da danação eterna.

Quando, em um momento de descuido, eu disse que certas religiões acreditavam na danação de crianças e expliquei a respeito, ela ficou em silêncio total.

– Essas pessoas acreditam que Deus é amor, sabedoria e poder?

– Sim, todas essas coisas.

Ela arregalou os olhos, com o rosto muito pálido.

– E que esse mesmo Deus queimaria criancinhas pela eternidade? – Ela começou a tremer e foi embora, correndo para o templo mais próximo.

Todo vilarejo tinha seu templo, e naqueles retiros graciosos ficavam mulheres sábias e nobres, sempre ocupadas com algum trabalho até que alguém as procurava. Estavam sempre prontas para confortar, iluminar ou ajudar quem quer que fosse.

Ellador me contou depois que seu sofrimento foi rapidamente atenuado e pareceu envergonhada por não ter podido fazê-lo sozinha.

– Não estamos acostumadas a ideias tão horríveis – ela disse, querendo se desculpar. – Não temos nada do tipo. Quando ouvimos algo assim, é como... Ah, como pimenta nos olhos. Então corri para lá, cega e com vontade de gritar. Ela resolveu tão rápido... tão fácil!

– Como? – perguntei, curioso.

– Disse: "Ora, minha criança, você entendeu errado. Não deve pensar que tal Deus existe, porque nunca existiu. O mesmo se aplica a tal atrocidade. Nem pense que essa falsa ideia odiosa conta com a crença de outros. Saiba apenas que pessoas extremamente ignorantes acreditam em qualquer coisa. E isso você já sabia" – Ellador narrou. – Mas ela empalideceu por um instante quando lhe contei aquilo.

Foi uma lição para mim. Não era à toa que aquela nação de mulheres era pacífica e doce: elas não tinham ideias horríveis.

– Mas deviam ter algumas no começo – sugeri.

– Ah, sim, sem dúvida. Mas, logo que nossa religião se desenvolveu um pouco, elas ficaram para trás, é claro.

Disso e de muitas outras coisas, concluí o que finalmente coloquei em palavras:

– Vocês não têm respeito pelo passado? Pelo que as antigas mães pensavam e por aquilo em que acreditavam?

– Não – ela disse. – Por que deveríamos? Não estão mais aqui. Sabiam menos do que sabemos agora. Se não tivermos avançado, seremos indignas delas... E das crianças que virão depois de nós.

Aquilo me fez pensar. Eu sempre tinha imaginado – creio que apenas por ouvir dizer – que as mulheres tinham uma natureza conservadora. E, no entanto, aquelas, que não contavam com o espírito empreendedor masculino, ignoravam seu passado e construíam um ousado futuro.

Ellador ficou me observando. Parecia ter uma ideia do que se passava em minha mente.

– É porque começamos de um jeito novo, imagino. Todos os nossos homens foram varridos da terra de uma vez só. Então, depois daquela época de desespero, vieram aquelas maravilhosas crianças, as primeiras. E toda a nossa esperança se voltou às filhas delas, caso viessem. E vieram! Seguiu-se um período de orgulho e triunfo até que nos tornamos numerosas demais; depois disso, quando houve a restrição de uma filha para cada, começamos a trabalhar de verdade, para que fossem cada vez melhores.

– Mas o que isso tem a ver com uma religião tão radicalmente diferente? – insisti.

Ela disse que não podia falar sobre as diferenças com muita propriedade, já que não estava familiarizada com outras religiões, mas que a delas era bastante simples. O grande Espírito Mãe era para aquelas mulheres o mesmo que a própria maternidade, só que ampliado além dos limites humanos. Aquilo significava que elas se sentiam cercadas de um amor encorajador, infalível e benéfico (talvez de fato o amor maternal acumulado de sua raça), além de poderoso.

– E como o veneram? – perguntei.

– Venerar? O que é isso?

Tive muita dificuldade de explicar. O amor divino que tanto sentiam não parecia lhes pedir nada.

– Nada além do que as mães pedem – Ellador disse.

– Mas certamente suas mães esperam ser honradas, reverenciadas, obedecidas por vocês. Imagino que tenham de fazer coisas para elas.

– De modo algum – ela insistiu, sorrindo e balançando os cabelos castanhos e macios. – Fazemos coisas *por causa* das nossas mães, não *para* elas. Não precisamos fazer coisas para elas, porque elas não precisam disso, você sabe. Mas temos de viver esplendidamente por elas; é assim que nos sentimos em relação a Deus.

Refleti mais um pouco. Pensei no nosso Deus belicoso, invejoso, vingativo. Pensei no pesadelo de nosso mundo: o inferno.

– Então vocês não acreditam na punição eterna, imagino.

Ellador riu. Seus olhos brilhavam como estrelas. Havia lágrimas neles também. Estava com pena de mim.

– Como poderíamos? – ela perguntou, com razão. – Não somos punidas nesta vida, então não há motivo para acreditar que o seremos depois da morte.

– Vocês não têm nenhuma forma de punição? Nem para as crianças, nem para os criminosos, ainda que leves? – perguntei.

– Você pune alguém por quebrar a perna ou ficar com febre? Temos medidas preventivas e curas; às vezes temos de mandar o paciente para a cama, por assim dizer; mas não é uma punição: é apenas parte do tratamento – ela explicou.

Depois de ter estudado meu ponto de vista mais de perto, Ellador acrescentou:

– Reconhecemos na maternidade humana uma grande força engrandecedora e sem limites: paciência, sabedoria e toda a sutileza do tratamento delicado. Acreditamos em Deus, em nossa ideia de Deus, com tudo isso e muito mais. Nossas mães não ficam bravas conosco. Por que Deus ficaria?

– Deus é uma pessoa para vocês?

Ela refletiu um pouco a respeito.

– Em nossa tentativa de nos aproximarmos de Deus em nossa mente, acabamos personificando a ideia, é claro; mas certamente não assumimos que em algum lugar há uma mulher maior que todas as outras que seja Deus. O que chamamos de Deus é um poder penetrante, um espírito interior, algo dentro de nós, do qual sempre queremos mais. Seu Deus é um homem maior que os outros? – ela perguntou, inocentemente.

– Bem, sim. Para a maioria de nós, acho. É claro que consideramos Deus um espírito santo, como vocês, mas insistimos na ideia Dele como pessoa, um homem... de bigode.

– Bigode? Ah, sim. Porque vocês também usam. Ou vocês usam bigodes espelhados em Deus?

– Pelo contrário, nós os raspamos, porque é mais confortável e deixa a aparência melhor.

– Deus usa roupas? Na ideia que fazem Dele, digo.

Pensei nas imagens de Deus que já havia visto: liberdades imprudentes da devota mente humana, representando a divindade onipotente como um velho em vestes soltas, com cabelos soltos e barba. À luz das perguntas totalmente inocentes e francas de Ellador, aquele conceito pareceu altamente insatisfatório.

Expliquei que o Deus do mundo cristão era o antigo Deus hebreu, e que havíamos simplesmente nos apropriado da ideia patriarcal, que inevitavelmente atribuía a Deus os atributos do patriarca, do avô.

– Entendo – ela disse, interessada, depois que eu expliquei a gênese e o desenvolvimento de nossos ideais religiosos. – Eles viviam em grupos separados, com um líder masculino, que provavelmente era um pouco... dominador.

– Sem dúvida – concordei.

– Enquanto nós vivemos juntas sem líderes desse tipo, só aquelas que escolhemos, o que faz *toda* a diferença.

– A diferença é muito maior – garanti a ela. – Está na noção de maternidade. As crianças de vocês crescem em um mundo em que todos as amam. Deparam com uma vida rica e feliz, preparada para elas pelo amor e pela sabedoria difusos de todas as mães. De modo que é fácil para vocês pensarem em Deus em termos de um amor igualmente difuso e eficiente. Acho que estão muito mais próximas da verdade do que nós.

– O que não consigo entender – ela disse, com cuidado – é a preservação de um estado de espírito tão antigo. Essa ideia patriarcal tem milhares de anos?

– Ah, sim. Quatro, cinco, seis mil. Algo do tipo.

– E vocês fizeram progressos maravilhosos nesse meio-tempo, não? Em outros campos, digo.

– Certamente. Mas com a religião é diferente. Nossas crenças vêm de muito tempo atrás, propagadas por um grande professor hebreu que já morreu. Ele supostamente aprendeu tudo e passou seu conhecimento para os outros. Só temos de acreditar... e obedecer.

– E quem foi esse grande professor hebreu?

– Ah, no caso deles foi diferente. A religião hebraica é um acúmulo de tradições extremamente antigas, algumas datando de muito antes da existência do próprio povo, e foi crescendo ao longo do tempo. Nós a consideramos a palavra de Deus.

– E como sabem disso?

– Porque foi escrito.

– Com clareza? E quem escreveu?

Tentei me lembrar de algum texto sagrado que dizia aquilo, mas não consegui pensar em nenhum.

– Além disso – ela insistiu –, tampouco consigo entender por que vocês mantiveram as ideias antigas da religião por tanto tempo. Mudaram todas as outras, não foi?

– Em geral, sim – concordei. – Mas temos o que chamamos de "religião revelada", de modo que é final. Agora me conte mais sobre seus pequenos templos – pedi. – E essas mulheres a quem recorrem.

Então ela me deu uma extensa aula de religião aplicada, que vou me esforçar para resumir.

Elas desenvolveram a teoria central de um poder amoroso e assumiram que era maternal, que desejava seu bem-estar e principalmente seu desenvolvimento. Por sua vez, eram como filhas para ele, procurando apreciá-lo com carinho e cumprir felizes seus propósitos elevados. Então, sendo práticas como eram, voltaram suas mentes ativas e aplicadas a descobrir o tipo de conduta que era esperado delas. Aquilo deu origem a um sistema ético dos mais admiráveis. O princípio do amor foi universalmente reconhecido – e usado.

Paciência, gentileza, cortesia e tudo o que chamamos de "boa criação" fazem parte do seu código de conduta. Mas aonde iam muito mais longe era na aplicação especial do sentimento religioso em cada campo da vida. Não tinham ritual, nenhum tipo de evento chamado de "serviço divino", além das procissões religiosas que já mencionei, que eram tão educacionais e sociais quanto religiosas. Havia uma conexão clara entre tudo o que faziam e Deus. Sua limpeza, sua saúde, sua ordem exemplar, a riqueza, a beleza e a paz de toda a terra, a felicidade das crianças e, acima de tudo, o progresso constante – tudo aquilo era sua religião.

Elas aplicavam sua inteligência à ideia de Deus e chegaram à teoria de que um poder interno exigia uma expressão externa. Viviam como se Deus fosse real e trabalhasse dentro delas.

Quanto aos pequenos templos que havia em toda parte, algumas mulheres tinham mais habilidades e um temperamento mais inclinado naquela direção que outras. Independentemente de seu trabalho, elas dedicavam certas horas ao serviço no templo, o que significava disponibilizar todo o seu amor, sua sabedoria e o pensamento condicionado para suavizar as dificuldades de todas que necessitavam. Às vezes era um sofrimento real, muito raramente uma briga, com mais frequência perplexidade; até mesmo na Terra das Mulheres, a alma humana às vezes atravessa a escuridão. Mas, por todo o país, as melhores e mais sábias estavam prontas para ajudar.

Se a dificuldade fosse incomumente profunda, a mulher em questão era levada a outra mais especializada naquela linha.

Era uma religião que dava à mente questionadora uma base racional na vida, o conceito de um imenso poder amoroso trabalhando sem parar dentro dela, visando ao bem. Dava à "alma" uma sensação de contato com uma força maior, de percepção de seu verdadeiro propósito, do qual sempre estamos atrás. Dava ao "coração" a sensação abençoada de ser amado e *compreendido*. Dava instruções simples, claras e racionais sobre como viver – e por quê. Em termos de ritual, havia aquelas demonstrações em grupo, triunfantes, nas quais todas as artes eram reunidas, com grandes multidões se movendo de maneira ritmada, marchando e dançando de acordo com a música, entre seus mais nobres produtos, diante das florestas e montanhas. Mas também havia esses inúmeros centros de sabedoria, onde aquelas com menos sabedoria podiam ir para pedir ajuda às mais sábias.

– É lindo! – comentei entusiasmado. – É a religião mais prática, reconfortante e progressista de que já ouvi falar. Vocês de fato se amam, de fato carregam o fardo uma da outra, de fato reconhecem que uma criança é como o reino dos céus. São mais cristãs do que qualquer outra pessoa que eu tenha conhecido. Mas... e quanto à morte? E a vida eterna? O que sua religião ensina sobre a eternidade?

– Nada – Ellador disse. – O que é isso?

E o que era aquilo? Pela primeira vez na vida, tentei explicar a ideia.

– É... não ter fim.

– Não ter fim? – Ela pareceu intrigada.

– Sim. A vida se estendendo para sempre.

– Ah, isso é claro para nós. A vida continua, mesmo sem nós.

– Mas estou falando da *ausência da morte.*

– Para o indivíduo?

– Sim, a mesma pessoa para sempre, imortal.

Fiquei satisfeito em perceber que tinha alguma coisa da nossa religião que eu podia ensinar, em que a delas nunca havia pensado.

– Aqui? – perguntou Ellador. – Nunca morrer... aqui?

Dava para ver que sua mente prática não era capaz de conceber aquela ideia, então a tranquilizei rapidamente.

– Não, não aqui. No além. Todos nós morremos, é claro, mas então ganhamos a vida eterna. A alma vive para sempre.

– Como sabe disso? – ela perguntou.

– Não vou tentar provar a você – eu disse apressado. – Vamos assumir que seja assim. Como essa ideia lhe soa?

De novo ela sorriu para mim; aquele seu sorriso adorável, com covinhas, doce, travesso, maternal.

– Posso ser bem honesta?

– Você não tem como ser diferente – eu disse, com uma mistura de alegria e tristeza. A transparência daquelas mulheres nunca deixava de me assombrar.

– Parece-me uma ideia bastante tola – Ellador disse, com cuidado. – E, se for verdade, muito desagradável.

Eu sempre tinha aceitado a doutrina da imortalidade da alma como verdade. Os esforços dos espiritualistas, sempre tentando trazer seus amados fantasmas de volta, pareciam-me desnecessários. Não vou dizer que tivesse discutido com seriedade e coragem o tema nem comigo mesmo; simplesmente assumira que era um fato. E ali estava aquela garota que eu amava, aquela estranha criatura cujo caráter com frequência se revelava muito maior que o meu, aquela supermulher naquele superpaís, dizendo que considerava a ideia de imortalidade tola! E estava sendo sincera.

– Por que você a *deseja*? – Ellador perguntou.

– Como *você* pode não desejar? – protestei. – Quer apagar como uma vela? Não quer permanecer, crescer e... e... ser feliz para sempre?

– Não – ela respondeu. – Nem um pouco. Quero que minha filha e a filha dela vivam. E sei que vão. Por que *eu* iria querer?

– Mas estou falando do paraíso! – insisti. – Paz, beleza, conforto e amor, ao lado de Deus. – Eu nunca havia sido tão eloquente em termos de religião.

Ela podia ficar horrorizada com a danação e questionar a justiça do Salvador, mas a imortalidade... certamente era uma fé nobre.

– Ora, Van – Ellador disse, esticando as mãos para mim. – Querido! É maravilhoso que deseje isso com tanta intensidade. É o que todas queremos, é claro. Paz, beleza, conforto e amor ao lado de Deus! E progresso também, não esqueça; crescimento, sempre. É o que nossa religião nos ensina a querer e a trabalhar para conseguir. É o que fazemos!

– Mas *aqui* – eu disse. – Apenas para esta vida terrena.

– Sim. E no seu país, com sua bela religião de amor e trabalho, vocês não têm isso aqui também, nesta vida terrena?

Ninguém de nós queria contar àquelas mulheres sobre as falhas de nossa amada terra. Assumíamos que eram necessárias e essenciais, e até criticávamos (apenas entre nós) a civilização excessivamente perfeita delas. Mas, quando se tratava de contar sobre nossos desperdícios e fracassos, nunca conseguíamos fazê-lo.

Mais ainda, procurávamos evitar a discussão entrando no assunto de nossos casamentos, que se aproximavam.

Jeff era o mais determinado nesse tema.

– É claro que elas não têm nenhuma cerimônia ou ritual, mas podemos realizar uma espécie de casamento *quaker*, no templo. Pelo menos isso podemos fazer por elas.

Era verdade. Havia tão pouco, afinal, que podíamos fazer por elas. Lá estávamos, convidados estrangeiros sem um centavo, sem nenhuma oportunidade de usar nossa força e coragem, já que não havia do que defendê-las ou protegê-las.

– E podemos dar nosso sobrenome a elas – Jeff insistiu.

Elas foram muito receptivas, dispostas a fazer o que pedíssemos para nos agradar. Quanto aos nomes, Alima, franca como era, perguntou de que serviria aquilo.

Terry, que gostava de irritá-la, disse que indicava posse.

– Você será a sra. Nicholson – ele disse. – Sra. T. O. Nicholson. Então todo mundo saberá que é minha esposa.

– E o que exatamente é uma "esposa"? – ela perguntou, com um brilho perigoso nos olhos.

– É uma mulher que pertence a um homem – ele disse.

Jeff emendou rapidamente:

– E um marido é um homem que pertence a uma mulher. Isso porque somos monogâmicos. O casamento é uma cerimônia, civil e religiosa, que une duas pessoas até que a morte as separe – ele concluiu, olhando para Celis com absoluta devoção.

– Nós nos sentimos ridículos – eu disse às garotas –, porque não temos nada a oferecer. Além de nossos nomes, é claro.

– As mulheres da sua terra não têm nome antes de casar? – Celis quis saber.

– Ora, é claro que têm – Jeff explicou. – Têm seu nome de solteira, que é do pai.

– E o que acontece com ele? – Alima perguntou.

– É substituído pelo do marido, minha querida – Terry respondeu.

– Substituído? Então o marido fica com o nome de solteira da esposa?

– Não, não. – Ele riu. – O homem mantém o nome que dá a ela.

– Então ela só perde seu nome e recebe outro. Que desagradável! Não vamos fazer isso – Alima disse, decidida.

Terry não se deixou abalar.

– Não me importo com o que você faz ou não faz, desde que o casamento se realize logo – ele disse, sua mão buscando a de Alima (quase tão morena e forte quanto a dele).

– Quanto a nos oferecer alguma coisa, é claro que percebemos que gostariam disso, mas ficamos contentes que não possam – Celis disse. – Amamos vocês por aquilo que são. Não queremos que vocês... paguem por nada. Não é o bastante saber que são amados assim, pela pessoa que são e somente como homens?

O bastante ou não, era como iríamos nos casar. Seria um casamento triplo no maior dos templos, e parecia que a maior parte do país estaria presente. Seria muito solene e muito bonito. Uma música foi composta para a ocasião, lindíssima, sobre a esperança crescente, o desenvolvimento de laços com outras terras, a fraternidade ao lado da irmandade e, com evidente admiração, a paternidade.

Terry ficava sempre impaciente com a maneira como falavam da paternidade.

– Seria de pensar que somos altos sacerdotes da... da procriação! – ele protestou. – Parece que essas mulheres não pensam em *nada* além de crianças! Mas vamos ensiná-las!

Ele estava tão certo do que iria ensinar, e Alima tão incerta de como receberia aquilo, que Jeff e eu temíamos pelo pior. Tentamos avisá-lo, sem sucesso. Aquele homenzarrão endireitou os ombros, inflou o peito e deu risada.

– São três casamentos separados – ele disse. – Não vou interferir no de vocês, nem vocês no meu.

Então chegou o grande dia. Uma multidão incontável de mulheres se reuniu, enquanto éramos apenas três noivos, sem nenhum padrinho ou qualquer convidado do sexo masculino para nos apoiar. Aquilo fez com que nos sentíssemos estranhamente pequenos lá na frente.

Mas havia Somel, Zava e Moadine. Ficamos felizes em tê-las ali, como se fossem parentes.

Houve uma esplêndida procissão, danças elaboradas, e o novo hino de que falei foi entoado. Tudo pulsava com sentimento: a admiração profunda, a doce esperança, a expectativa deslumbrada de um novo milagre.

– Nunca houve nada do tipo neste país, desde o início da maternidade – Somel disse baixinho para mim enquanto assistíamos à marcha simbólica. – É o começo de uma nova era. Vocês não sabem o que significam para nós. Não é só a paternidade, a maravilhosa criação pelos dois sexos que desconhecemos completamente, o milagre da união ao dar a vida. É a fraternidade. Vocês são o resto do mundo. Vão se juntar a nós, juntando-nos assim a todas as terras e a todos os povos que nunca vimos.

Esperamos conhecê-los, amá-los e ajudá-los, aprender com eles. Ah! Vocês não têm como compreender!

Milhares de vozes se levantaram no clímax do grande "Hino à vida futura". Ao lado do enorme altar da maternidade, com sua coroa de frutas e flores, havia sido colocado um novo altar, também coroado. Diante da Grande Mãe Suprema da Terra e seu círculo de altas conselheiras do templo, diante daquela vasta multidão de mães de rosto tranquilo e jovens encantadas, surgira nossas três escolhidas. E nós, os únicos três homens de toda aquela terra, demos as mãos a elas e fizemos nossos votos de casamento.

11. NOSSAS DIFICULDADES

Dizemos que o casamento é uma loteria; também falamos em uniões perfeitas, mas esse conceito não é tão amplamente aceito quanto o primeiro.

Temos uma teoria bem fundamentada de que é melhor casar com alguém do mesmo nível social e desconfiamos com alguma razão de uniões entre pessoas de países diferentes, que parecem ocorrer por causa do interesse do progresso social, mais do que pelo interesse das partes envolvidas.

Porém nenhuma união de raças, cores, castas ou credos diferentes foi tão difícil de estabelecer como a nossa, entre três homens americanos modernos e três mulheres de uma sociedade estritamente feminina.

É fácil dizer que deveríamos ter sido francos desde o começo. Mas havíamos sido. Tínhamos discutido – pelo menos Ellador e eu, sim – as condições da Grande Aventura, e achamos que o caminho à frente estava claro. Mas há algumas coisas que damos por certas, sobre as quais supomos que haja um acordo mútuo, sobre as quais ambos se referem repetidas vezes sem, no entanto, falarem a mesma língua.

As diferenças na educação do homem e da mulher comuns são bem grandes, mas os problemas que ocasionam não são em sua maior parte para o homem; em geral, sua visão prevalece. A mulher pode ter imaginado que as condições da vida de casada seriam diferentes; mas o que imaginou, o que ignorou e suas preferências pouco importam.

Posso ver com clareza e falar a respeito com tranquilidade agora, escrevendo depois de muitos anos, durante os quais cresci e aprendi muito.

Mas, na época, foi bastante difícil para todos nós, principalmente para Terry. Pobre Terry! Em qualquer outro casamento que seria possível imaginar entre habitantes da terra, fosse a mulher preta, vermelha, amarela, marrom ou branca, fosse ignorante ou educada, submissa ou rebelde, teria atrás dela uma tradição matrimonial. Essa tradição liga a mulher ao homem. Ele prossegue com seus negócios, enquanto ela se adapta a ele e ao seu mundo. Mesmo em termos de cidadania, por alguma estranha magia, os dados de nascimento e geografia são deixados de lado, e a mulher automaticamente adquire a nacionalidade do marido.

Bem, lá estávamos nós, três estrangeiros em uma terra de mulheres. Era reduzida em tamanho, e as diferenças externas não eram tão grandes que nos assustassem. Ainda não compreendíamos as diferenças entre a mente racional daquele povo e a do nosso em toda a sua completude.

Em primeiro lugar, havia a ausência de homem por quase dois mil anos. Enquanto tínhamos linhas de pensamento e sentimento conectadas, ainda que com uma variedade de diferenças muitas vezes irreconciliáveis, aquelas mulheres concordavam firmemente na maior parte dos princípios básicos da vida; e não apenas em teoria, mas estavam acostumadas, após sessenta gerações, a agir de acordo com eles.

Era algo que não compreendíamos e com que não concordávamos. Quando, em nossas discussões pré-nupciais, uma de nossas queridas garotas dizia "Achamos isso e isso", ou "Acreditamos nisso e nisso", nós, os homens, em nossa convicção bem assentada no poder do amor, em nossa visão simplista de crenças e princípios, imaginávamos com carinho que iríamos convencê-las do contrário. O que pensávamos antes do casamento não importava mais do que pensa a garota média de nosso mundo, em sua inocência. Descobrimos que a realidade era bem diferente.

Não era que não nos amassem; elas amavam, profunda e carinhosamente. Mas aí está: o que consideravam "amor" era bastante diferente do que nós considerávamos.

Pode parecer bastante frio continuar falando em "nós" e "elas", como se não fôssemos casais separados, com alegrias e tristezas distintas, mas nossa posição como estrangeiros nos unia. Toda a estranha experiência nos aproximara de uma maneira que nunca teria acontecido na vida simples e distante que levávamos entre nosso próprio povo.

Além disso, como homens, com a tradição masculina de mais de dois mil anos, éramos uma unidade – pequena, mas firme – contra aquela unidade muito maior de tradição feminina.

Acho que posso esclarecer nossas diferenças sem que me doa muito. O principal ponto de discordância era na questão do lar e dos deveres e prazeres que nós, por instinto e educação, supúnhamos inerentemente apropriados às mulheres.

Vou dar dois exemplos, um simples e um complexo, para mostrar como nos decepcionamos nesse sentido.

Tente imaginar uma formiga macho, vinda de uma sociedade em que as formigas vivem em pares, interessada em formar um lar com uma fêmea de um formigueiro altamente desenvolvido. Essa fêmea pode desenvolver um afeto intenso pelo macho, mas suas ideias de criação dos filhotes e gerenciamento econômico seriam de uma escala totalmente diferente da dele. É claro que, se ela fosse uma formiga sozinha em um país em que elas vivem em pares, o macho poderia conseguir o que quisesse; mas se ele fosse um macho sozinho em um formigueiro...

Agora tente imaginar um homem devotado e apaixonado que pretende casar com um anjo do sexo feminino, com asas, harpa e halo, acostumado à sua missão divina. Esse anjo poderia amar o homem de uma maneira que fosse além de seu poder de retribuir ou até contemplar, mas sua ideia de trabalho e dever seria de uma escala completamente diferente. É claro que, se fosse um anjo perdido em um país de homens, ele poderia conseguir o que quisesse; mas se ele fosse um homem perdido entre os anjos...

Em seus piores momentos, mergulhado em um rompante de fúria com o qual, como homem, devo simpatizar, Terry preferia a analogia das formigas. Falarei mais sobre ele e seus problemas em particular depois. Foi difícil para Terry.

Jeff... Bem, Jeff sempre foi bom demais para este mundo! É o tipo de homem que outrora daria um bom sacerdote. Aceitou a teoria do anjo tal e qual, e tentou nos convencer dela, obtendo resultados diferentes. Ele venerava Celis, e não apenas ela, mas o que representava; estava tão convencido das vantagens quase sobrenaturais daquele país e de seu povo que aceitou o destino como... Não posso dizer "como um homem", porque era justamente como se não fosse um.

Não me entenda mal. O bom e velho Jeff não era um covarde nem um maricas. Ele era forte, corajoso e eficiente, um excelente soldado quando necessário. Mas havia algo angelical nele. Sendo tão diferentes, era curioso que amasse Terry como o amava; mas às vezes isso acontece, apesar das diferenças – ou talvez por causa delas.

Quanto a mim, eu ficava entre os dois. Não era um Lotário como Terry, tampouco um sir Galahad como Jeff. Mas, com todas as minhas limitações, acredito que tinha o hábito de usar meu cérebro com mais frequência que eles. E posso dizer que me esforcei bastante nesse sentido.

A grande questão entre nós e nossas esposas era, como seria de imaginar, a própria natureza do relacionamento.

– Esposa! Não venha me falar de esposa! – Terry explodiu uma vez. – Elas não sabem o que isso significa.

Era fato: elas não sabiam. Como poderiam? Nos registros de seu passado pré-histórico de poligamia e escravidão não havia um ideal de esposa como o conhecemos. E, desde então, não houve como alguém se tornar uma.

– Só conseguem pensar em *paternidade*! – Terry disse, com escárnio. – *Paternidade*! Como se um homem só quisesse ser *pai*!

Aquilo também era correto. Elas tinham sua própria experiência de maternidade, abrangente, profunda, rica. O único valor que conseguiam identificar em um homem era a paternidade.

Além disso, é claro, havia a questão do amor-próprio, que Jeff definia como "o divino amor feminino". E era verdade. Não posso explicar – mesmo agora, depois de uma longa e feliz experiência com ele, ou pelo menos foi isso que o maravilhamento inicial fez parecer – a beleza e o poder do amor que nos deram.

Até Alima – que tinha um temperamento mais tempestuoso que as outras e que, só Deus sabe quanto, era muito mais provocada – era a paciência, a doçura e a sabedoria personificadas com o homem que amava, até que ele... Mas ainda não chegamos aí.

Nossas "supostas esposas", como Terry dizia, prosseguiam com seu trabalho de silvicultoras. Nós, não tendo nenhuma habilidade especial, tínhamos sido admitidos como assistentes. Precisávamos fazer alguma coisa, nem que fosse para passar o tempo. E tinha de ser algum tipo de trabalho, porque não podíamos viver brincando.

Estávamos sempre ao ar livre com nossas queridas garotas, e mais ou menos juntos – juntos demais, às vezes.

Agora tinha ficado claro para nós que aquelas mulheres tinham a mais alta, intensa e delicada ideia de privacidade, e nem a mais vaga noção da *solitude a deux* que tanto apreciamos. Todas elas pareciam defender a teoria de quartos e banheiros separados. Desde a mais tenra infância, cada uma tinha uma suíte própria, e um dos marcos de entrada na vida adulta era a adição de um cômodo onde receber as amigas.

Desde o princípio, recebemos cada um dois cômodos, os quais, por sermos de sexos e raças diferentes, ficavam em uma casa separada. Elas pareciam entender que respiraríamos com mais tranquilidade se pudéssemos libertar a mente na reclusão.

Para nos alimentarmos, íamos a algum cômodo refeitório, pedíamos comida e fazíamos a refeição lá ou a levávamos para a floresta. Era sempre boa. Com tudo isso nos acostumamos e até gostamos – nos tempos de namoro.

Depois do casamento, surgiu em nós uma necessidade inesperada de ter de exigir uma casa separada para cada casal; mas esse sentimento não encontrou equivalente no coração de nossas amadas.

– Mas *estamos* sozinhos, querido – Ellador me explicou com toda a paciência. – Estamos sozinhos nesta enorme floresta; podemos comer em qualquer lugar: só eu e você, ou em uma mesa separada, ou ainda cada um em seu quarto. Como poderíamos ficar ainda mais sozinhos?

Aquilo era verdade. Tínhamos nossa solidão mútua e agradável enquanto trabalhávamos, e longas e agradáveis conversas na casa delas ou na nossa; tínhamos, por assim dizer, todos os prazeres do namoro; mas não havia nada do que acho que poderia ser chamado de "posse".

– Daria no mesmo não ser casado – Terry resmungou. – Elas só foram em frente com a cerimônia para nos agradar. Bom, para agradar Jeff. Não têm ideia do que é ser casado.

Esforcei-me muito para entender o ponto de vista de Ellador e, naturalmente, tentei lhe explicar o meu. O que nós, enquanto homens, queríamos fazê-las ver era que havia outros – e, como orgulhosamente dissemos, "mais elevados" – usos para aquela relação além do que Terry chamava de "mera paternidade". Tentei explicá-lo nos melhores termos para Ellador.

– Há algo maior que o amor mútuo para gerar vida? – ela perguntou. – Como é possível?

– O amor se desenvolve a partir disso – expliquei. – Todo o poder do amor permanentemente conjugado surge com esse desenvolvimento.

– Tem certeza? – ela perguntou com delicadeza. – Como sabe disso? Há alguns pássaros que se amam tanto que lamentam e choram quando separados, nunca mais formam pares se um deles morre, mas nunca acasalam, a não ser na estação certa. Entre as pessoas se pode encontrar um afeto mais alto e duradouro com a mesma proporção de indulgência?

Uma mente lógica, às vezes, podia ser algo muito estranho.

É claro que eu sabia sobre os pássaros e outros animais monogâmicos que formavam pares para a vida inteira e mostravam todo tipo de sinal de afeto mútuo sem aumentar com isso a amplitude do relacionamento sexual. Mas o que importava?

– São formas inferiores de vida! – protestei. – Podem mostrar certa capacidade de fidelidade, afeto e felicidade, mas... Ah, minha querida! O que sabem sobre o amor que nos une? Tocá-la, ficar perto de você, cada vez mais, perder-me em você... Deve sentir isso também, não?

Eu me aproximei e peguei suas mãos.

Seus olhos encontraram os meus, radiantes e suaves, firmes e fortes. Havia algo muito poderoso, grande e imutável neles. Então eu soube que não conseguia tirar o chão debaixo de seus pés, ainda que tivesse inconscientemente pensado que seria assim.

Aquilo fez com que eu me sentisse, imagino, como deve se sentir um homem que ama uma deusa – mas não Vênus! Ela não se ressentiu do que falei, não me repeliu, não teve medo. Não havia nenhuma sombra do tímido recuo ou da bela resistência que achamos tão... provocativos.

– Vocês têm de ser pacientes conosco, querido – ela disse. – Não somos como as mulheres do seu país. Somos mães, somos um povo, mas não nos especializamos nessa linha que gostariam.

Aquele plural... Era muito difícil para ela falar no singular. Pensando a respeito, lembrei-me de repente que estávamos sempre criticando nossas mulheres por serem tão egoístas.

Então fiz de fato o meu melhor para descrever para Ellador a doce e intensa felicidade dos amantes casados, e o estímulo ao trabalho criativo que vinha como resultado.

– Você quer dizer – ela perguntou com tranquilidade, como se eu não estivesse segurando suas mãos frias e firmes em minhas mãos quentes e trêmulas – que em seu povo, quando as pessoas se casam, fazem isso durante o período certo e fora dele, sem visar ao nascimento de uma criança?

– Exato – respondi com certo amargor. – Não são apenas pais. São homem e mulher, que se amam.

– Por quanto tempo? – ela perguntou, de forma inesperada.

– Por quanto tempo? – repeti. – Enquanto viverem, ora.

– Há algo de muito bonito nessa ideia – ela admitiu, mas como se estivéssemos discutindo a vida em Marte. – Esse ato que, para todas as outras formas de vida, tem apenas um propósito, entre vocês assumiu outros usos, nobres, puros e elevados. Julgando pelo que me diz, tem um efeito engrandecedor sobre o caráter. As pessoas se casam não apenas para ter filho, mas por essa estranha troca. Como resultado, tem-se um mundo povoado de amantes, ardentes, felizes, mutuamente devotados, vivendo sempre no êxtase da emoção suprema que supúnhamos que deveria se restringir a um período, com um único propósito. E você diz que há outros resultados, inclusive o estímulo ao trabalho criativo. Deve haver uma inundação, oceanos de trabalhos florescendo com a felicidade intensa de cada casal. É uma bela ideia!

Ela ficou em silêncio, pensando.

Eu também.

Ellador soltou uma mão para passá-la no meu cabelo de um jeito gentil e maternal. Apoiei a cabeça em seu ombro e fui tomado por uma vaga sensação de paz, uma tranquilidade muito agradável.

– Você precisa me levar lá um dia, querido – ela disse. – Não só porque o amo tanto, mas porque quero ver seu país, seu povo, sua mãe – Ellador fez uma pausa reverente. – Ah, tenho certeza de que vou adorar sua mãe!

Eu não havia me apaixonado muitas vezes, minha experiência nem se comparava à de Terry. Mas a pouca que eu tinha era tão diferente daquilo que fiquei perplexo, tomado por sentimentos contrastantes: em parte uma sensação crescente de que algo nos unia, uma calma tranquila e agradável, que até então acreditava que só podia ser obtida de uma maneira; e em parte um ressentimento confuso, porque o que consegui não era aquilo que esperara.

Era a psicologia desgraçada delas! Ali estavam aquelas mulheres, com um sistema educacional profundamente desenvolvido, tão arraigado que, mesmo que não fossem professoras por profissão, todas tinham certa proficiência no assunto – era algo natural para elas.

Nenhuma criança que exigisse um biscoito entre as refeições havia sido mais sutilmente desviada para outras questões do que eu, que notei que minha reivindicação aparentemente imperativa havia se esvaziado diante dos meus olhos.

E, o tempo todo, aqueles olhos doces e maternais, aqueles olhos ávidos e científicos, notando cada condição e circunstância, aprendendo a agir depressa para evitar discussões.

Os resultados me impressionavam. Descobri que muito, muito mesmo, do que eu honestamente supusera que fosse uma necessidade fisiológica era uma necessidade psicológica – ou assim eu acreditava. Depois que minhas ideias do que era essencial tinham mudado, descobri que o mesmo ocorrera com meus sentimentos. E, mais ainda, concluí que aquelas mulheres não eram provocativas, algo que tinha enorme peso. Isso fez toda a diferença.

Aquilo que Terry tanto tinha reclamado quando chegáramos – que elas não eram "femininas", que lhes faltava "charme" – tornou-se um grande conforto. Sua beleza vigorosa era um prazer estético, não algo irritante. Suas roupas e seus ornamentos em momento algum passavam a mensagem de que havia algo mais a ser descoberto.

Mesmo minha própria Ellador, minha esposa, que por um tempo desvelou seu coração de mulher para encarar a nova e estranha esperança feliz da criação pelos dois sexos, acabou voltando a ser a boa companheira do início. Elas eram mais que mulheres, de modo que, quando não queriam que sua feminilidade se evidenciasse, não havia como encontrá-la em parte alguma.

Não estou dizendo que foi fácil para mim, porque não foi. Mas, quando apelei à empatia dela, deparei com outro muro irremovível. Ellador sentia muito com minha angústia, de verdade, e fazia todo tipo de sugestão atenciosa, às vezes muito úteis, e se ocupava daquela intuição que mencionei antes, que às vezes me poupava da dificuldade antes que surgisse; mas aquilo não alterava suas convicções.

– Se eu achasse que realmente fosse necessário, talvez pudesse me convencer a mudar pelo seu bem, meu querido; mas não quero, nem um pouco. Você não gostaria que eu apenas me submetesse, não é? Certamente não é esse o tipo de amor romântico elevado de que fala. É uma pena, é claro, que tenha de ajustar suas faculdades tão especializadas para se adequar às nossas, tão simplórias.

Fiquei perplexo. Não tinha me casado com uma nação, e disse aquilo. Mas Ellador só sorriu diante de suas próprias limitações e explicou que tinha de pensar no coletivo.

Minha perplexidade só aumentou. Eu havia focado minhas energias em um desejo e, antes que percebesse, ela tinha dissipado todas elas em outra direção, algum tema de uma discussão que estava a quilômetros de distância do que eu estava falando.

Não se deve imaginar que eu era simplesmente repelido, ignorado, deixado sozinho em minha angústia. De modo algum. Minha felicidade estava nas mãos de uma feminilidade maior e mais doce do que eu já havia imaginado. Antes do casamento, meu próprio ardor talvez tivesse me cegado naquele sentido. Eu estava profundamente apaixonado não tanto pelo que havia lá, mas pelo que eu supunha que houvesse. Agora encontrava um país desconhecido de beleza infinita a ser explorado, repleto da mais doce sabedoria e compreensão. Era como se eu tivesse chegado a um lugar novo, com pessoas novas, desejando comer o tempo todo, sem quaisquer outros interesses; e como se meus anfitriões, em vez de dizer "Não coma", tivessem despertado em mim um novo interesse por música, imagens, jogos, exercício, natação, mecânica; e, em meio a toda a satisfação, eu esquecesse o único ponto com que não estava satisfeito, aguentando sem problemas até a hora da refeição.

Um dos mais inteligentes e engenhosos desses truques só ficou claro para mim muitos anos depois, quando já estávamos tão distantes do acontecido que eu já conseguia rir da minha angústia de outrora. Entre nós, as mulheres são tão diferentes de nós e tão femininas quanto possível. Os homens têm seu próprio mundo, povoado apenas por eles; então nos cansamos do excesso de masculinidade e nos viramos com alegria para o excesso de feminilidade. Mantendo nossas mulheres tão femininas quanto possível, garantimos que, quando precisamos delas, encontramos de imediato aquilo que procuramos. Bem, a atmosfera da Terra das Mulheres era tudo menos sedutora. Nada naquelas mulheres, sempre em comparação com as nossas, era atraente para nós. Quando, apesar disso, meus instintos hereditários e a tradição da nossa raça me fizeram ansiar por uma resposta feminina em Ellador, em vez de recuar para que eu a desejasse mais, ela deliberadamente foi bastante sincera ao sugerir fazer uma sociedade comigo, sempre de um modo que não era feminino, por assim dizer. O que foi bastante engraçado.

Lá estava eu, com um *ideal* em mente, o qual eu desejava com ardor; e lá estava ela, deliberadamente implantando no terreno da minha consciência um *fato* – um fato que eu apreciava, mas que interferia no que eu desejava. Agora vejo com clareza por que certo tipo de homem, como sir Almroth Wright, se ressente do desenvolvimento profissional da mulher. Porque ele se coloca no caminho do ideal do sexo, cobrindo e excluindo a feminilidade temporariamente.

É claro que, no meu caso, gostava tanto de Ellador como amiga ou companheira de trabalho que realmente desfrutava de sua companhia em quaisquer termos. Só que, quando a tinha comigo durante dezesseis horas do dia sem nenhuma demonstração de feminilidade, podia ir dormir sozinho em meu quarto e não sonhar com ela.

A bruxa! Se alguém se empenhou em cortejar, conquistar e prender um ser humano foi ela, como a supermulher que era. Na época, não identifiquei a maior parte de sua habilidade, ou quão impressionante era. Mas isto eu logo descobri: que, sob toda a postura que tínhamos cultivado em relação às mulheres, havia um sentimento mais antigo, profundo e natural, a reverência tranquila com que se admira a mãe.

Nossa amizade e nossa felicidade se aprofundaram, assim como a de Jeff e Celis.

Porém, quando se trata de Terry e Alima, sinto vergonha e arrependimento. É claro que a culpo de alguma forma. Ela não tinha uma psicologia tão apurada quanto a de Ellador, e mais: acho que possuía um vestígio atávico muito mais evidente de uma feminilidade mais marcada, que nunca estivera aparente até que Terry o despertasse. Dito isso, eu não o livro de culpa. Eu nunca tinha me dado conta de verdade do caráter de Terry – nem poderia, sendo homem.

A situação deles era igual à nossa, é claro, com essas poucas distinções. Alima era levemente mais atraente e muito menos capacitada em psicologia; Terry era infinitas vezes mais exigente e proporcionalmente menos razoável.

As coisas entre os dois ficaram tensas muito depressa. A princípio, quando estavam juntos, eu confiava na esperança dela de ter um filho e na alegria dele pela conquista – que em Terry era desproporcional. Sabia daquilo por coisas que tinha me contado.

– Não adianta argumentar – ele disse a Jeff um dia, antes do casamento. – Nunca houve uma mulher que não gostasse de ser *dominada*. Suas belas palavras não valem de nada. Eu *sei*.

Então Terry começou a cantarolar:

Agarrei a felicidade onde a encontrei.
No meu tempo, colhi e semeei.
Com as amarelas e as pretas aprendi coisas
Que me ajudaram muito com as brancas.

Jeff fez uma cara feia e o deixou sozinho. Eu mesmo fiquei um pouco perturbado.

Pobre Terry! As coisas que aprendera não o ajudaram em nada na Terra das Mulheres. A ideia dele era usar a força, e acreditava que aquele era o único jeito. Acreditava, de verdade, que as mulheres gostavam daquilo. Mas não as mulheres de lá! Não Alima!

Posso vê-la agora, na semana depois do casamento, caminhando para o dia de trabalho com longos passos determinados e a boca franzida, ao lado de Ellador. Dava para perceber que não queria ficar sozinha com Terry.

Entretanto, quanto mais se afastava dele, mas ele a desejava.

Ele fez um enorme alvoroço por causa das casas separadas, tentou mantê-la em seus cômodos, tentou ficar nos dela. Mas ela traçou o limite.

Terry saiu uma noite, xingando baixinho enquanto subia e descia a montanha ao luar. Eu também tinha ido caminhar, mas em outro estado de espírito. Ouvindo-o em seu momento de raiva, ninguém poderia acreditar que amasse Alima – seria de pensar que ela era uma presa que ele estava perseguindo, algo a ser dominado e conquistado.

Acho que, por causa de todas aquelas diferenças de que falei, eles logo perderam aquilo que a princípio tinham em comum, e foram incapazes de reencontrá-lo com alguma sanidade ou tranquilidade. Também acho, mas é pura conjectura, que ele conseguiu afastar Alima de seu julgamento racional, de sua consciência e, depois disso, a vergonha sobre aquilo a tornou mais amarga.

Eles brigaram de verdade e, depois de fazer as pazes uma ou duas vezes, pareceram chegar a um término real, de modo que ela não ficava mais sozinha com ele. Talvez estivesse um pouco nervosa, não sei, mas Moadine passou a dormir no quarto ao lado do dela. Uma assistente corpulenta foi designada para acompanhá-la em seu trabalho.

Terry tinha suas próprias ideias, como procurei mostrar. Ouso dizer que achava que estava no direito de fazer o que fez. Talvez até tenha se convencido de que seria melhor para ela. De qualquer maneira, foi até seu quarto uma noite...

Aquelas mulheres não temiam os homens. Por que deveriam? Não são tímidas. Não são fracas; todas têm um corpo atlético. Otelo não conseguiria sufocar Alima com um travesseiro, como se fosse um ratinho.

Terry colocou em prática sua convicção animalesca de que uma mulher gosta de ser dominada. Com sua força bruta, com todo o orgulho e toda a paixão de sua intensa masculinidade, ele tentou dominá-la.

Não funcionou. Ellador me fez um relato bastante claro depois, mas o que ouvimos naquele momento foi o estardalhaço de uma luta tremenda. Alima chamou Moadine. Ela apareceu em um segundo, uma ou duas mulheres fortes apareceram em seguida.

Terry se debatia como um louco; teria matado todas alegremente – foi o que me disse depois –, mas não conseguiu. Quando ergueu uma cadeira sobre a cabeça, uma delas pulou e o agarrou, então outras duas se jogaram e o derrubaram; levaram apenas alguns segundos para amarrar seus pés e suas mãos. Em um ato de misericórdia com sua raiva inútil, o anestesiaram.

Uma fúria gélida tomou conta de Alima. Ela queria de fato matá-lo.

Houve um julgamento diante da Mãe Suprema local. Aquela mulher, que não gostava de ser dominada, fez sua declaração.

Em uma corte em nosso país, teriam considerado que ele estava "em seu direito", é claro. Mas aquele país não era nosso; era delas. As mulheres pareceram mensurar a dimensão da ofensa por seu efeito numa possível paternidade, e ele se negou a responder àquilo.

Uma única vez Terry falou, explicando definitivamente que elas eram incapazes de compreender as necessidades, os desejos e o ponto de vista do homem. Disse que elas eram criaturas assexuadas, hermafroditas, desprovidas de sangue e de gênero. Disse que poderiam até matá-lo, pois disso vários tipos de inseto também eram capazes, mas que mesmo assim as desprezava.

Nenhuma daquelas mães severas e sérias pareceram se importar nem um pouco com o desprezo dele.

Foi um longo julgamento, e pontos de vista muito interessantes foram levantados quanto aos nossos hábitos. Depois de um tempo, estavam prontas para dar a sentença. Terry aguardou, sombrio e desafiador. A sentença foi:

– Você deve ir embora!

12. EXPULSOS

Pretendíamos voltar para casa. Na verdade, não pretendíamos, de modo algum, ficar tanto tempo quanto havíamos ficado. Mas nenhum de nós gostou de ter sido recusado, dispensado, mandado embora por má conduta.

Terry dizia o contrário. Zombou da pena e do julgamento, assim como de todas as outras características daquele "projeto miserável de país". Mas ele sabia, e nós sabíamos, que em qualquer "país de verdade" nunca receberíamos o mesmo perdão que recebemos ali.

– Se tivessem vindo atrás de nós de acordo com as instruções que deixamos, teria sido bastante diferente! – Terry disse.

Depois descobrimos por que o grupo de resgate não havia chegado. Nossos cuidadosos apontamentos haviam sido destruídos pelo fogo. Poderíamos ter morrido na Terra das Mulheres, e ninguém em casa saberia de nós.

Terry agora era vigiado o tempo todo, por ser considerado perigoso, culpado do que consideravam um pecado imperdoável.

Ele riu do horror que havia causado.

– Bando de velhotas! – disse. – Todas, não importa a idade. Não sabem nada sobre sexo.

Quando Terry disse "sexo", referia-se ao sexo masculino, naturalmente; a seus valores especiais, à sua profunda convicção de sermos "a força da vida", à sua ignorância feliz do verdadeiro processo da vida, à sua interpretação do sexo oposto de seu próprio ponto de vista.

Eu tinha aprendido a ver as coisas de forma diferente em minha convivência com Ellador; quanto a Jeff, estava tão profundamente aculturado por elas que não era justo com Terry, que estava bastante preocupado com seu novo aprisionamento.

Moadine, grave e forte, com a triste paciência da mãe de um jovem degenerado, mantinha sua vigia sobre ele, com mulheres o bastante por perto para impedir uma possível revolta. Ele não tinha armas e sabia bem que toda a sua força era de pouca valia contra aquelas mulheres sombrias e silenciosas.

Podíamos visitá-lo livremente, mas ele só tinha direito a um quarto e um jardinzinho murado onde podia caminhar, enquanto os preparativos para nossa partida eram feitos.

Três de nós iríamos: Terry, porque precisava; eu, porque era mais seguro ter um copiloto tanto no avião quanto no barco lá embaixo; e Ellador, porque não me deixava ir sem ela.

Se Jeff tivesse escolhido voltar, Celis iria junto, já que não se desgrudavam; mas ele não nutria nenhum desejo do tipo.

– Por que iria querer voltar para todo o barulho, a sujeira, o vício, o crime, a doença e a degeneração? – ele me perguntou, em particular. Nunca falávamos daquela maneira na frente das mulheres. – Não levaria Celis para lá por nada nesse mundo! – Jeff protestou. – Ela morreria! Morreria de horror e vergonha ao ver os bairros pobres e os hospitais. Como pode se arriscar com Ellador? É melhor explicar tudo com delicadeza antes que realmente tome essa decisão.

Jeff tinha razão. Eu devia ter contado a ela mais do que contei, sobre todas as coisas que nos envergonhavam. Mas é muito difícil construir uma ponte sobre um abismo tão imenso como o que existia entre nossa vida e a dela. Tentei mesmo assim.

– Veja, querida – comecei. – Se realmente vai comigo para meu país, precisa estar preparada para alguns choques. Não é tão bonito quanto este lugar... As cidades, digo, as partes civilizadas. É claro que a natureza é.

– Vou gostar de tudo – ela disse, com os olhos esperançosos brilhando. – Entendo que não é como o nosso. Consigo imaginar como nossa vida tranquila deve parecer monótona a você, como a sua deve ser mais agitada. Deve ser como a mudança biológica de que falou, quando o segundo sexo foi introduzido: um movimento muito maior, com mudanças constantes e novas possibilidades de crescimento.

Eu havia mencionado as últimas teorias biológicas sobre o sexo, e ela estava profundamente convencida da vantagem da convivência dos dois, da superioridade de um mundo que contava com homens.

– Fizemos o que pudemos sozinhas; talvez tenhamos nos saído melhor com algumas coisas, por conta de nossa tranquilidade, mas vocês têm o mundo inteiro, pessoas das mais diferentes nações, com toda a sua história pregressa, todo esse assombroso conhecimento. Ah, mal posso esperar para ver!

O que eu podia fazer? Disse com todas as palavras que tínhamos problemas que não conseguíamos solucionar, como desonestidade e corrupção, vício e crime, doença física e mental, prisões e hospitais; aquilo a impressionou tanto quanto se eu falasse a um habitante de uma ilha do Sul sobre a temperatura do Círculo Polar Ártico. Racionalmente, Ellador compreendia que era ruim ter aquelas coisas; mas não conseguia *sentir* isso.

As duas coisas sobre as quais ela mais gostava de ouvir, e que mais queria ver, eram: a bela relação do casamento e as adoráveis mulheres que eram mães e nada mais; sua mente aguda e ativa estava sedenta para conhecer a vida no mundo.

– Estou quase tão ansiosa quanto você – ela insistiu. – E imagino que esteja morrendo de saudade de casa.

Garanti que ninguém poderia ter saudade de casa em um paraíso como o delas, mas Ellador não quis saber.

– Ah, sim, eu sei. É como as pequenas ilhas tropicais sobre as quais me contou, brilhando como joias no grande mar azul. Mal posso esperar para ver o mar! Bom, a ilhazinha pode ser tão perfeita quanto um jardim, mas sempre queremos voltar para o nosso país, não? Mesmo que tenha alguns pontos negativos.

Ellador estava mais do que disposta. Porém, quanto mais próximos chegávamos da partida – de levá-la para conhecer nossa "civilização" depois de ter visto a paz e a beleza imaculadas delas –, mais eu temia e mais tentava explicar.

É claro que a princípio senti saudade, enquanto éramos prisioneiros, antes de ter Ellador. E é claro que, a princípio, idealizei meu país e suas características ao descrevê-lo. Mais ainda: sempre tinha aceitado certos males como parte integrante da civilização, sem me importar muito com eles. Mesmo quando tentava lhe contar o pior, não me lembrava de algumas coisas – as quais impressionaram Ellador de imediato quando as viu, de uma maneira que nunca tinham me impressionado. Agora, com meus esforços para explicar, a comparação ficou mais clara do que nunca; eu via os doloridos defeitos da minha própria terra e as maravilhosas vantagens da delas.

Diante da ausência de homens, nós três naturalmente tínhamos perdido a maior parte da vida, e inconscientemente presumimos que elas deveriam tê-la perdido também. Levei um longo tempo para perceber – e Terry nunca percebeu – que aquilo pouco significava para elas. Quando dizemos "homens", "homem", "masculino", "masculinidade" e todos os seus derivados, temos no fundo da mente uma imagem ampla e vaga do mundo e de todas as atividades nele. Crescer e "ser homem", "agir como homem": o significado e a conotação são bastante amplos. O vasto pano de fundo está repleto de colunas de homens marchando, de fileiras de homens se locomovendo, de longas procissões de homens; de homens conduzindo seus barcos por mares desconhecidos, explorando montanhas, domesticando cavalos, criando gado, arando, semeando e colhendo, forjando e forneando, minerando, construindo estradas, pontes e enormes catedrais, gerenciando importantes negócios, ensinando em universidades, pregando nas igrejas; de homens em toda parte, fazendo tudo: "o mundo".

Quando falamos em "mulher", pensamos no sexo feminino, em fêmea.

Mas, para aquelas mulheres, naqueles dois mil anos ininterruptos de civilização feminina, a palavra "mulher" carregava um significado pesado, tendo evoluído tanto quanto o desenvolvimento social; enquanto isso, a palavra "homem" indicava apenas o sexo masculino.

É claro que podíamos *contar* a elas que no nosso mundo os homens faziam tudo; mas aquilo não mudava seu panorama mental. Que o homem, "o macho", fazia todas aquelas coisas era para elas apenas uma afirmação, sem mudar seu ponto de vista mais do que o nosso havia mudado quando primeiro deparamos com o impressionante fato – para nós – de que naquela terra as mulheres eram "o mundo".

Fazia mais de um ano que vivíamos ali. Tínhamos conhecido sua história resumida, com suas linhas retas e suaves, indo mais alto e mais rápido ao conforto tranquilo de sua vida naquele momento. Tínhamos aprendido um pouco de sua psicologia, um campo muito mais vasto lá do que a história, mas que não conseguimos compreender de pronto. Agora estávamos acostumados a ver mulheres não como fêmeas, mas como pessoas; pessoas de todos os tipos, fazendo todo tipo de trabalho.

O surto de Terry e a forte reação a ele nos ajudaram a jogar uma nova luz sobre sua genuína feminilidade. Isso me foi mostrado com grande clareza tanto por Ellador quanto por Somel. O sentimento era o mesmo: uma repulsa e um horror, tal como aconteceria diante de uma enorme blasfêmia.

Elas não sabiam como abordar aquele tipo de coisa; desconheciam por completo o costume da indulgência matrimonial que reina entre nós. Para elas, o grande propósito da maternidade era, fazia muito tempo, a lei que regia a vida, e a contribuição do pai, ainda que fosse nova para elas, era um método distinto para o mesmo fim, de modo que não podiam, mesmo com todo o esforço, entender o ponto de vista da criatura masculina que deseja quase ignorar a paternidade e que busca apenas o que chamamos pelo eufemismo "as alegrias do amor".

Quando tentei dizer a Ellador que as mulheres também sentiam isso em relação a nós, ela se afastou de mim e tentou compreender intelectualmente aquilo com que não conseguia simpatizar.

– Você quer dizer que o amor entre homem e mulher se expressa dessa maneira, sem nenhuma relação com a maternidade? Ou com a paternidade? – ela acrescentou, cuidadosa.

– Sim, com toda a certeza. Pensamos apenas no amor, o amor profundo e doce entre duas pessoas. É claro que queremos filhos, e eles vêm. Mas não é nisso que pensamos.

– Mas... mas... parece contra a natureza! – ela disse. – Nenhuma das criaturas que conhecemos faz isso. Como é com os outros animais em seu país?

– Não somos animais! – respondi, cortante. – Ou pelo menos somos algo além disso, mais elevado. É uma relação muito mais nobre e bela, como expliquei. Para nós, sua visão parece um pouco... prática demais? Prosaica? Apenas um meio para um fim! Conosco... Ah, minha querida, você não consegue ver? Não consegue sentir? É a consumação final do mais elevado e doce amor mútuo.

Era visível que ela ficara impressionada. Tremia nos meus braços quando a puxei para mais perto e a beijei com paixão. Então veio aquele olhar que eu conhecia tão bem, aquela expressão absorta de quem está longe demais, embora eu segurasse seu belo corpo junto ao meu; como se me olhasse do alto de uma montanha nevada.

– Sinto claramente – ela me disse. – Por isso, tenho simpatia pelo que sente, sem dúvida com ainda mais força. Mas o que eu sinto e o que você sente, querido, não me convencem de que você esteja certo. Até que eu esteja segura disso, não posso fazer como deseja.

Em momentos como aquele, Ellador sempre me lembrava de Epíteto. "Vou colocá-lo na prisão", o mestre dele disse. "Meu corpo, você quer dizer", Epíteto respondeu com calma. "Vou cortar sua cabeça", disse o mestre. "Eu disse que minha cabeça não podia ser cortada?" Era uma pessoa difícil, Epíteto.

Que milagre é esse pelo qual uma mulher, mesmo em seus braços, pode se retirar e desaparecer completamente até que o que você segura é tão inacessível quanto a face de um penhasco?

– Tenha paciência comigo, querido – ela pediu com doçura. – Sei que é difícil para você. E começo a entender, bem pouco, por que Terry acabou cometendo um crime.

– Ah, por favor, é uma palavra dura demais para o que ele fez. Afinal, Alima era esposa dele – eu disse, sentindo uma repentina explosão de simpatia por Terry. Para um homem com seu temperamento (e com seus hábitos), devia ser uma situação insuportável.

Mas Ellador, com todo o seu poder intelectual e com a imensa empatia que sua religião lhe proporcionara, não podia admitir o que para ela era uma brutalidade profana.

O mais difícil de lhe explicar foi por que nós três, em nossas constantes explanações e palestras sobre o resto do mundo, naturalmente tínhamos evitado as imperfeições; nem tanto por um desejo de enganá-las, mas por querer lhes mostrar o lado bom de nossa civilização, diante da beleza e do conforto da delas. E havia algumas coisas que achávamos que estavam de fato certas, ou pelo menos que eram inevitáveis, mas que sabíamos que pareceriam repugnantes a elas, de modo que evitávamos discuti-las. De novo, havia muito da nossa vida com que estávamos tão acostumados que não achamos que era digno de nota. E, mais ainda, havia naquelas mulheres uma inocência tão grande que fazia com que muitas das coisas que de fato dizíamos não as impressionassem nem um pouco.

Estou sendo explícito a esse respeito, porque isso mostra quão inesperadamente forte foi a impressão de Ellador quando finalmente adentrou nossa civilização.

Ela me pediu para ser paciente, e eu fui. Eu a amava tanto que, mesmo com as restrições que estabeleceu com tanta firmeza, ainda me restava muita felicidade. Éramos amantes, e certamente havia prazer suficiente naquilo.

Não pense que aquelas jovens recusavam completamente a "nova esperança", como chamavam, da criação por ambos os sexos. Tinham concordado em se casar conosco por aquele motivo, embora a parte do casamento em si tivesse sido mais uma afirmação de nossos preconceitos que dos delas. Para aquelas mulheres, o processo era sagrado – e elas pretendiam mantê-lo assim.

Mas até então apenas Celis, com os olhos azuis transbordando lágrimas de alegria, o coração elevado por aquela maré da maternidade que era sua suprema paixão, anunciara com alegria e orgulho inefáveis que seria mãe. A "nova maternidade" era como chamavam, e o país inteiro ficou sabendo. Não havia agrado, ajuda ou honra em toda aquela terra que Celis não pudesse ter. E, quase com a mesma incansável reverência com que, dois mil anos antes, o bando de mulheres cada vez menor observara o milagre da concepção imaculada, as do presente receberam o novo milagre da união com profunda admiração e calorosa expectativa.

Todas as mães naquela terra eram sagradas. Para elas, por longas eras, a proximidade da maternidade tinha sido a mais intensa e importante forma de amor e querer, o desejo supremo, a demanda dominadora de uma filha. Todo o pensamento condicionado ao processo da maternidade que tinham era revelado, simples e ao mesmo tempo sagrado. Toda mulher colocava a maternidade não apenas acima de qualquer outro dever, mas tão mais alto que seria possível dizer que não havia outros deveres. Todo o seu amor mútuo e amplo, toda a interação sutil entre amizade e trabalho, a defesa do pensamento progressista e da invenção, a emoção mais religiosa possível, cada sentimento e cada ato estavam relacionados a esse grande poder central, ao rio da vida que corria a partir dele, tornando-as portadoras do próprio Espírito de Deus.

Aprendi sobre tudo isso em seus livros, em nossas conversas e especialmente com Ellador. Em um primeiro momento, ela ficou com inveja de sua amiga, mas afastou o sentimento depressa e de forma definitiva.

– É melhor assim – ela me disse. – É muito melhor que ainda não tenha chegado para mim... Para nós, quero dizer. Porque devo ir com você ao seu país, viveremos aventuras na água e na terra, como você diz – e eu de fato dizia –, e pode não ser seguro para o bebê. É melhor que não tentemos de novo até que seja seguro. Não acha?

Aquilo era difícil para qualquer marido apaixonado.

– A menos que – ela continuou –, caso um bebê esteja a caminho, eu fique para trás. Você voltaria, e eu teria o bebê.

Então o calafrio extremamente antigo do ciúme masculino de sua própria prole tocou meu coração.

– Prefiro ter você, Ellador, a todas as crianças do mundo. Prefiro ter você comigo, em seus próprios termos, a não tê-la.

Foi uma coisa muito tola para se dizer. Claro que eu preferia! Se ela não fosse comigo, eu iria querê-la por inteiro, mas não teria nada dela. Se fosse junto, mesmo como uma espécie de irmã, ainda que muito mais próxima e calorosa, teria tudo dela menos aquilo. Eu estava começando a achar que a amizade de Ellador, seu companheirismo, sua afeição de irmã, seu amor extremamente sincero – sem contar aquele mais profundo, que ela não deixava que ultrapassasse um limite bem definido – eram o bastante para que eu vivesse feliz.

Está muito além das minhas capacidades descrever o que aquela mulher era para mim. Falamos coisas muito bonitas sobre as mulheres, mas em nosso coração sabemos que são seres bastante limitados – a maior parte delas. Nós as honramos por suas capacidades funcionais e às vezes as desonramos por fazer mal uso disso; nós as honramos por sua virtude meticulosamente forçada ao mesmo tempo em que mostramos com nossa própria conduta quão pouca consideração damos à virtude; nós as valorizamos, sinceramente, pelas atividades maternais que fazem de nossas esposas calorosas serviçais, ligadas a nós pela vida com o salário que desejamos; tudo o que fazem, com exceção dos deveres temporários da maternidade caso a atinjam, é para atender às nossas necessidades de um jeito ou de outro. Ah, nós as valorizamos, isso é certo, "em seu lugar", que é o lar, onde cumprem aquela mistura de deveres tão habilmente descritos pela sra. Josephine Dodge Daskam Bacon, por quem os serviços da "dona de casa" são tão cuidadosamente especificados. Ela é uma escritora bem direta, a sra. J. D. D. Bacon, e entende do assunto, partindo de seu próprio ponto de vista. Mas essa combinação de tarefas, embora conveniente e de certa forma econômica, não desperta o tipo de emoção generosa proporcionada pelas mulheres daquela terra. Era preciso venerar aquelas mulheres, em vez de rebaixá-las. Não eram animais de estimação. Não eram criadas. Não eram serviçais, inexperientes, fracas.

Depois que engoli meu orgulho (coisa que Jeff, acredito, nunca precisou fazer, já que tinha nascido para adorar, e que Terry nunca fez, mantendo-se muito firme em suas ideias sobre "a posição da mulher"), descobri que o sentimento de devoção era ótimo, no fim das contas. Causava-me uma estranha sensação lá no fundo, como se despertasse uma consciência pré-histórica de que de alguma forma elas estavam certas, de que aquele era o verdadeiro modo de sentir. Era como voltar para casa, para a mãe. Não digo aquela mãe que usa avental e faz bolos, a mulher agitada que só serve, mima e não conhece o filho de verdade. Estou falando da sensação que uma criança bem pequena tem depois de ter se perdido por certo tempo. Era uma sensação de chegar em casa; de estar limpo e descansado, da segurança com liberdade; do amor que sempre estava ali, morno como o sol da primavera, e não quente como um forno ou um colchão de plumas; um amor que não exaspera e não sufoca.

Olhei para Ellador como se nunca a tivesse visto.

– Se você não for – eu disse –, deixarei Terry e voltarei de imediato. Você pode jogar uma corda para mim. Se você for (ah, mulher maravilhosa!), preferiria viver com você assim, por toda a minha vida, a ter qualquer outra mulher que já vi, ou uma porção delas, para fazer o que quisesse. Vai vir comigo?

Ela estava inclinada a ir. Então os planos prosseguiram. Gostaria de ter esperado o milagre de Celi, mas Terry não quis. Estava louco para ir embora. Aquilo o deixava *doente*, ele dizia; aquela insistência na maternidade. Acho que ele não possuía o que os frenologistas chamavam de "semente da paternidade" muito desenvolvido.

– Bando de aleijadas – ele as chamava, ainda que de sua janela conseguisse ver o esplêndido vigor e a beleza delas; mesmo quando Moadine, tão paciente e amistosa como se nunca tivesse ajudado Alima e segurá-lo e amarrá-lo, estava na sala, ela que era a verdadeira imagem da sabedoria e da força serena. – Assexuadas, hermafroditas, seres primitivos e sem gênero! – ele continuava, amargo. Parecia com sir Almroth Wright.

Era difícil. Ele estava loucamente apaixonado por Alima, na verdade; mais do que já tinha estado por qualquer outra garota. O namoro tempestuoso, as brigas e as reconciliações só tinham inflamado a chama. Então, quando tentou a conquista suprema que parece tão natural a seu tipo de homem, forçando-a a amá-lo como seu senhor, foi o corpo atlético, robusto e furioso dela que o dominou, com a ajuda das amigas, o que só podia terminar em ódio.

Pensando a respeito, não me lembro de nenhum caso similar em toda a nossa história e ficção. Mulheres se suicidaram para não se submeter a tal ultraje; mataram quem as atacava; escaparam; ou se submeteram, às vezes parecendo se dar até bem com o opressor depois de um tempo. Assim fora a aventura de Sexto Tarquínio, por exemplo, que "encontrou Lucrécia penteando o cabelo, sob a luz da lua". Se lembro bem, ele a ameaçou, dizendo que, se não se entregasse, iria matá-la, matar um escravo e colocá-lo ao lado dela, para depois alegar que o havia encontrado ali. Sempre me pareceu uma ideia ruim. Se o sr. Lúcio, o marido, tivesse perguntado ao Sexto Tarquínio como tinha ido parar no quarto da esposa para fiscalizar a moral dela, o que ele poderia ter dito? Mas a questão é que Lucrécia cedeu, e Alima não.

– Ela me chutou – confidenciou o amargo prisioneiro. Tinha de falar com alguém. – Eu estava encolhido de dor, é claro, então ela pulou em cima de mim e chamou a velha harpia. – Moadine não podia ouvi-lo. – Elas me dominaram pouco depois. Acho que Alima podia até ter conseguido sozinha – acrescentou, com admiração relutante. – É forte como um cavalo. E é claro que um homem se torna inútil quando é atingido assim. Nenhuma mulher com um pingo de decência...

Tive de sorrir diante daquilo, e até Terry o fez, com azedume. Não era de pensar muito, mas sabia que um ataque como o dele ignorava qualquer noção de decência.

– Daria um ano da minha vida para ficar sozinho com ela de novo – ele disse devagar, apertando as mãos até que os nós dos dedos estivessem brancos.

Mas aquilo nunca aconteceu. Ela deixou a parte do país em que estávamos, foi para as florestas de abetos nos picos mais altos, e ficou por lá. Terry queria desesperadamente vê-la antes de partirmos, mas ela não viria, e ele não tinha como ir até lá. Era observado com olhos de lince. (Agora me pergunto se linces têm uma visão melhor que gatos domésticos!)

Bem, tínhamos de aprontar o avião para a partida, certificarmo-nos de que havia combustível o bastante, ainda que Terry tivesse dito que poderíamos planar até o lago lá embaixo se conseguíssemos pelo menos decolar. Poderíamos partir em uma semana, é claro, mas havia uma comoção por todo o país com a ida de Ellador. Ela tinha entrevistas com as principais líderes éticas – mulheres sábias com olhos firmes – e com as melhores professoras. Havia uma agitação, uma emoção, uma profunda excitação em toda parte.

Nossos ensinamentos sobre o resto do mundo tinham deixado todas com uma sensação de isolamento, de distanciamento, de ser apenas uma amostra periférica de um país, subestimado e esquecido pela família de nações. Tínhamos sido nós que usáramos o termo "família de nações", mas elas o adoraram de imediato.

O tema da evolução as interessava muito; de fato, todo o campo das ciências naturais era irresistível para elas. Muitas teriam arriscado tudo para ir estudar as nossas terras desconhecidas e estranhas; mas só podíamos levar uma, e tinha de ser Ellador, é claro.

Fizemos planos de voltar, de estabelecer uma rota por água, de penetrar as vastas florestas e civilizar – ou exterminar – os perigosos selvagens. Quer dizer, nós, homens, falávamos daquilo, não as mulheres. Elas tinham total aversão à matança.

Enquanto isso, as mais sábias se reuniam no alto conselho. As estudantes e pensadoras que vinham reunindo fatos sobre nós por todo aquele tempo, ligando-os e relacionando-os, fazendo inferências, haviam apresentado o resultado de seu trabalho.

Nem desconfiávamos de que nossos cuidadosos esforços de dissimulação seriam tão transparentes, já que nunca haviam sugerido tal coisa. Elas tinham nos ouvido discursar sobre a ciência da óptica, feito perguntas inocentes sobre lentes e afins, e tinham total conhecimento dos defeitos de visão tão comuns entre nós.

Sem que percebêssemos, com diferentes mulheres fazendo diferentes perguntas em diferentes momentos, e juntando nossas respostas como se montassem um quebra-cabeça, elas tinham elaborado uma espécie de gráfico das doenças mais recorrentes entre nós. De maneira ainda mais sutil, sem demonstrar aversão nem reprovação, tinham reunido informações – ainda distantes da verdade, mas já representavam alguma coisa – sobre a pobreza, o vício e o crime. Tinham até mesmo uma relação considerável de nossos perigos, de quando nos perguntaram sobre seguro e outros temas aparentemente inocentes.

Estavam bem informadas no que dizia respeito às diferentes raças, desde os nativos lá embaixo e suas flechas envenenadas até as vastas divisões raciais que havíamos mencionado. Nenhuma expressão de choque em um rosto ou exclamação de revolta nos alertaram; tinham recolhido a evidência sem que soubéssemos até a hora certa, e agora estavam estudando com a mais devotada seriedade o que haviam preparado.

O resultado foi bastante perturbador para nós. Antes de tudo, explicaram a situação para Ellador, porque era quem supostamente visitaria o Resto do Mundo. Não disseram nada a Celis. Não devia ser perturbada enquanto toda a nação esperando por seu trabalho grandioso.

Finalmente, Jeff e eu fomos chamados. Somel e Zava estavam lá, assim como Ellador e muitas outras que conhecíamos.

Elas tinham um globo enorme, construído a partir dos mapas do nosso anuário. Os diferentes povos do mundo haviam sido grosseiramente destacados, e sua posição na civilização, indicada. Tinham tabelas, figuras e estimativas, baseadas em fatos do livrinho traiçoeiro e no que haviam aprendido conosco.

Somel explicou:

– Descobrimos que, em toda a sua história, muito mais extensa que a nossa, com toda a troca de utilidades, invenções e descobertas, e com o maravilhoso progresso que tanto admiramos, nesse seu Outro Mundo tão difundido ainda há inúmeras doenças, muitas delas contagiosas.

Admitimos que sim.

– E que ainda há, em diferentes graus, ignorância, preconceito e emoções fora de controle.

Também admitimos aquilo.

– Por último, descobrimos que, apesar do avanço da democracia e do aumento da riqueza, ainda há revolta e muitas vezes combate.

Sim, sim, admitimos tudo aquilo. Estávamos acostumados àquelas coisas e não víamos motivo para tratá-las com tanta seriedade.

– Considerando tudo isso – disseram, sem mencionar um centésimo do que realmente estavam considerando –, não estamos dispostas a expor nosso país à livre comunicação com o resto do mundo. Ainda não. Se Ellador voltar e aprovarmos seu relatório, talvez o façamos. Mas não agora. Então temos um pedido a fazer a vocês, cavalheiros. – Elas sabiam que essa palavra era um título de honra em nosso mundo. – Prometam que, de modo algum, vão entregar a localização deste país até que Ellador volte e tenham nossa permissão.

Jeff ficou extremamente satisfeito. Achava que estavam certas. Sempre achava. Eu nunca tinha visto um estrangeiro se naturalizar tão rapidamente quanto aquele homem na Terra das Mulheres.

Considerei por um momento, pensando no que aconteceria se uma de nossas doenças contagiosas tomasse conta do lugar, e concluí que estavam certas. Então prometi.

O obstáculo era Terry.

– De modo algum! – ele protestou. – A primeira coisa que vou fazer é montar uma expedição para forçar nossa entrada aqui.

– Então – elas disseram calmamente –, ele permanecerá como prisioneiro, para sempre.

– Anestesiá-lo seria mais gentil – instigou Moadine.

– E seguro – acrescentou Zava.

– Acho que ele vai prometer – disse Ellador.

E ele prometeu. Depois disso, finalmente deixamos a Terra das Mulheres.

Este livro foi impresso pela Gráfica Paym
em fonte ITC Stone Serif sobre papel Book Cream 70 g/m²
para a Via Leitura no inverno de 2020.